康巴作家群书系（第五辑）

小城事

潘敏 著

作家出版社

为"康巴作家群"书系序

阿 来

康巴作家群是近年来在中国文坛异军突起的作家群体。2012年和2013年，分别在四川文艺出版社和作家出版社出版了"康巴作家群"书系第一辑和第二辑，共推出十二位优秀康巴作家的作品集。2013年，中国作协、中国社科院少数民族文学研究所、中国少数民族作家学会等在北京联合召开了"康巴作家群作品研讨会"，我因为在美国没能出席这次会议。在继2015年、2016年后，2019年"康巴作家群"书系再次推出第五辑。这些康巴各族作家的作品水平或有高有低，但我个人认为，若干年后回顾，这一定是一个重要的文化事件。

康巴（包括四川省的甘孜藏族自治州、西藏的昌都地区、青海的玉树藏族自治州和云南的迪庆藏族自治州）这一区域，历史悠久，山水雄奇，但人文的表达，却往往晦暗不明。近七八年来，我频繁在这块几十万平方公里的土地上四处游历，无论地理还是人类的生存状况，都给我从感官到思想的深刻撞击，那就是这样雄奇的地理，以及这样顽强艰难的人的生存，上千年流传的文字典籍中，几乎未见正面的书写与表达。直到两百年前，三百年前，这一地区才作为一个完整明晰的对象开始被书写。但这些书写者大多是外来者，是文艺理论中所说的"他者"。这些书写者是清朝的官员，是外国传教士或探险家，让人得以窥见遥远时的生活的依稀面貌。但"他者"的书写常常导致一个问题，就是看到差异多，更有甚者为寻找差异而至于"怪力乱神"也不乏其人。

而我孜孜寻找的是这块土地上的人的自我表达：他们自己的生存感。他们自己对自己生活意义的认知。他们对于自身情感的由衷表达。他们对于横断山区这样一个特殊地理造就的自然环境的细微感知。为什么自我的表达如此重要？因为地域、族群，以至因此产生的文化，都只有依靠这样的表达，才得以呈现，而只有经过这样的呈现，才成为真正意义上的存在。

未经表达的存在，可以轻易被遗忘，被抹煞，被任意篡改。

从这样的意义上讲，未经表达的存在就不是真正的存在。

而表达的基础是认知。感性与理性的认知：观察、体验、反思、整理并加以书写。

这个认知的主体是人。

人在观察、在体验、在反思、在整理、在书写。

这个人是主动的，而不是由神力所推动或命定的。

这个人书写的对象也是人：自然环境中的人，生产关系中的人，族群关系中的人，意识形态（神学的或现代政治的）笼罩下的人。

康巴以至整个青藏高原上千年历史中缺乏人的书写，最根本的原因便是神学等级分明的天命的秩序中，人的地位过于渺小，而且过度地顺从。

但历史终究进展到了任何一个地域与族群都没有任何办法自

外于世界中的这样一个阶段。我曾经有一个演讲，题目就叫做《不是我们走向世界，而是整个世界扑面而来》。所以，康巴这块土地，首先是被"他者"所书写。两三百年过去，这片土地在外力的摇撼与冲击下剧烈震荡，这块土地上的人们也终于醒来。其中的一部分人，终于要被外来者的书写所刺激，为自我的生命意识所唤醒，要为自己的生养之地与文化找出存在的理由，要为人的生存找出神学之外的存在的理由，于是，他们开始了自己的书写。

正是从这个意义上，我才讲"康巴作家群"这样一群这块土地上的人们的自我书写者的集体亮相，自然就构成一个重要的文化事件。

这种书写，表明在文化上，在社会演进过程中，被动变化的人群中有一部分变成了主动追求的人，这是精神上的"觉悟"者才能进入的状态。从神学的观点看，避世才能产生"觉悟"，但人生不是全部由神学所笼罩，所以，入世也能唤起某种"觉悟"，觉悟之一，就是文化的自觉，反思与书写与表达。

觉醒的人，才是真正的人。

当文学的眼睛聚光于人，聚光于人所构成的社会，聚光于人所造就的历史与现实，历史与现实生活才焕发出光彩与活力。也正是因为文学之力，某一地域的人类生存，才向世界显现并宣示了意义。

而这就是文学意义之所在。

所以，在一片曾经蒙昧许久的土地，文学是大道，而不是一门小小的技艺。

也正由于此，我得知"康巴作家群"书系又将出版，对我而言，自是一个深感鼓舞的消息。在康巴广阔雄奇的高原上，有越来越多的各族作家，以这片大地主人的面貌，来书写这片大地，来书写这片大地上前所未有的激变、前所未有的生活，不能不表达我个人最热烈的祝贺！

文学的路径，是由生活层面的人的摹写而广泛及于社会与环境，而深入及于情感与灵魂。一个地域上人们的自我表达，较之于"他者"之更多注重于差异性，而应更关注于普遍性的开掘与建构。因为，文学不是自树藩篱，文学是桥梁，文学是沟通，使我们与曾经疏离的世界紧密相关。

（作者系四川省作协主席，茅盾文学奖、鲁迅文学奖获得者，这是作者为"康巴作家群"书系所作的序言）

目录

他们

阿婆养金鱼

迄今为止，阿婆养过的动物不下十种。每一种动物，都让她念念不忘。其中，有一头体重达两百斤的黑毛猪，在这头猪的生命里，它曾一度忘了自己猪的本质，忠心耿耿地帮她看家护院；后来养了狗，没好好啃过两顿骨头，还尽帮着逮耗子；更不要说母鸡们了，每天都下蛋，蛋一脱腔，迫不及待地拿自己的孩子邀功，"咯咯哒、咯咯哒"地直叫唤。

不过，也亏得是它们遇到了阿婆这样的人。在人都吃不饱的年代，还满山遍野地打猪草，所以猪就记下了，成了一头狗一样忠诚的猪。在能吃饱吃好的时候，鸡啊，狗啊，更是通通善待。

鸡的吃食是白菜叶，细细切碎，匀匀净净地混合了米粒一并放入鸡槽。一个个鸡脖子伸出鸡圈，在鸡槽内上上下下，此起彼伏。鸡们看着看着就长得油光水滑，精神抖擞起来。另外，还有罐头盒里的水，每天都会换上干净的，以备鸡们享用。天气晴好的时候，鸡圈大门常打开着，公鸡、母鸡们相邀而出，抬抬头，伸伸腿，闲庭信步，时不时地头又埋下了，尖尖的鸡喙在地上拨拉几下，捉点儿蛐蟮子来吃，长势一片大好。

遇到鸡瘟，就不好了。整个鸡圈都乌云笼罩，一只鸡萎靡不振，一个圈的鸡就跟着不振起来。阿婆成竹在胸，办法有的是：

大蒜、辣椒切碎，拌上清油，一只一只捉来，灌下。空气有蒜香荡漾，如果能加点盐和味精就更好吃了。可是鸡不领情啊，它们伸长了脖子在扭动、抽搐，长长地吞咽，看起来像是在经历焦灼而又漫长的痛苦。

这时，我家的狗也帮着着急了，安静地坐在旁边。之前，除了人以外的生物，狗都会扑腾上去，乱咬一番。面对狗的突然蹿出，鸡们毫无准备，鸡屎奔泻而出，着急地扇动翅膀，跃跃欲飞，鸡毛飞了起来，又落了一地。

为此，阿婆没少批评它："你这个瘟伤，这个是鸡，你再扑它，我打死你。"狗歪着脑袋，脑袋上的毛长长了，遮到鼻子上，只看到眼睛在后面闪闪烁烁。阿婆觉得它听懂了，又摸着它的脑袋说："花娃儿（狗的名字）乖。"

等到下次放风，花娃儿仍旧照扑不误。

陆陆续续地，阿婆又养了兔子、鸭子、猫、刺猬，还有小鸟什么的。最近的一段时间，她又养了几尾金鱼。算起来，这可是她养过的所有的动物中最为金贵的一种。之前，在她的弟弟家，阳台用一缸温暖的水做隔断，里面灯光灿灿，假山、石子堆砌，俨然打造成了微缩的水晶宫。水里游动着十几尾红红的热带鱼，叫红鹦鹉。它们骄傲而胆小，只有没人靠近的时候，才会大摇大摆游荡出来，红红的颜色，布满整个鱼缸，映衬着灯光，就像花开在水里，舒展绽放。

每到他家，阿婆就会在鱼缸前驻足，时不时弯腰，把脸贴近鱼缸，静静地观察，用她的高度近视眼，死死地盯住，然后疑虑顿生："这么热的水，不得把鱼煮熟吧？"他的弟弟，开始跟她解释，这是热带鱼，要保持水温怎样怎样……阿婆听得一脸认真。

是啊，在她过去的生活里，只有粗糙的劳动和生活的磨砺，眼前，是这样娇贵的生命，怎能经得起折腾。

六十岁以后，阿婆不再养任何动物。她时不时地讲起那头黑毛猪，它待宰的时候，她对什么都无能为力，所以只好大哭了一场；那只花狗的老去，更是让她黯然神伤，她不愿再谈起；另外，为了我们，她手刃过的鸡鸭，以及后来不知去向的兔子、豚鼠……对她来说，那都是一条条命债。

可是，紧接着，小牛同学和她的爸爸却从成都带回来四尾金鱼。它们翻越山山水水，奔赴高原，不知是晕车还是高山反应，打开盖子时，几条小鱼早已肚皮朝上袒露。只有偶尔翕合的鳃，能看到一丝生命的迹象。

阿婆立马收起那些零落的情绪，神医附体，当机立断，洗脚盆装水，适量撒上盐，轻轻将一只只小鱼捉入盆内，像呵护秧苗一样，在做家务的间隙，去盆边关照，对着盆子吧啦吧啦地说上几句，小鱼们也算和阿婆有一场缘分，顽强地活了过来。

从此，金鱼留在了阿婆的身边，住在敞篷的塑料桶里（真洋气）。阿婆每天都用牙签打捞它们的粪便，三天给它们换一次水，换水时洗净桶壁、桶底。这些看起来爱干净的家伙，不出三天，准得把整桶水弄得浑浊不堪。换的水是有讲究的，得提前打好，放在一边待用。

阿婆与我电话的内容也都和金鱼有关：

第一天："最小的那条金鱼病了，尾巴在一牙一牙地掉，脑壳上还长了些黑点点，你网上查一下啦，到底咋的了。"

我："好的。"

第二天："那条黑色的金鱼好遭孽哦，是不是因为它长了黑点点，那些大的金鱼就撵起撵起地咬它。"

我："……"

第六天："那条金鱼，好像又好了。今天还在水里头游得挺好的。"

我："……"

小牛同志接电话时："你的金鱼都长大了哦，我们准备哪天把它们煮来吃了。"

小牛："……不要……"

这倒是真的，小鱼们，除了死去的那条小黑鱼，都长大了，几乎从一寸长到了三寸。水桶放在阳台上，阳光透过水面，我们坐在远远的黑暗的角落，也能透过桶壁，隐隐约约看到金鱼在摆动着纱裙似的尾巴。

阿婆并不喜欢她现在所在的城市，但她却不得不留在那里照顾阿爷。就像当初她不愿意以黑毛猪的生命，来换取填饱自己饿着的肚子；她不愿看到花狗死去，却怎样都无法挽留……但生活总是高高在上，她无法驾驭，只得无限制地顺从。

下午时光，阿爷出门打牌，大门关闭，一屋子的寂静，阿婆趴在桶边，细细地观察，骤然失神，仿佛那里是世界的中心，金鱼们在水桶里搅动，时不时有哗啦声作响。身上的鱼鳞，那样精巧细致，在太阳光下，散发着敏锐的折射，那样的一束束光，仿佛能穿越蒙尘，涤荡心灵，即使是那些正在老去的、饱经风霜的……一个又一个下午。

杨老师的爱情

我们这个年纪，已经成家了，有了小孩儿，父母正在老去，生活繁复纷扰。爱情，是什么东西，想起来就心烦，还有什么爱情啊？不都是柴米油盐，今天吃什么饭，明天炒怎么样的菜吗？

所以，爱情在我们这个阶段，是一个永远的过去式，只存在于青春的记忆以及正在青春的年轻生命里。

可杨老师，不正年轻着吗？但是他却没有爱情。听起来，让人有些泄气。但是他不在乎啊，不是还有麻将，还有酒吗？

再说，对于此事，他也用不着太担心。除了他的父母，还有一大群人都比他自己更为上心。特别是他的同事凤妈，一逮着他就念叨。私下，还跟我密谋着一定要帮他张罗一桩婚事。而杨老师，每每被问及此事，一改往常风流倜傥的潇洒劲，站在一旁脸红筋涨，连手脚都不知道该往哪儿放了。

年轻人，害害羞，倒也正常。

但是，为什么杨老师会没有爱情呢。其实，我认识的这个杨老师，还真算是一个不错的人。

我们外出工作时，碰到下雨，又堵车，被困在车里，哪儿也去不了。除了前面山坡的一块巨石上，刻着"唵嘛呢叭咪吽"的六字真言以外，周围什么风景也没有。车窗起雾时，我们被淹没在一片水汽氤氲中。杨老师伸出个指头，在窗户上画起来。这是我小时候喜欢玩的游戏，在玻璃窗户上，呵口气画画，画个丁老头啊，画个鸭子啊，看起来还怪可爱的。杨老师也画，一笔一画，一顿一挫。我不经意地斜瞄了一眼，着实让我吃了一惊，他书写的是山坡上刻着的藏文。楷书字体，笔锋微芒，那些回旋弯曲处，自然平展，感觉内力不浅。后来，我又见识了他的汉字，那力道……又让我暗自吃了一惊。

我的字很难看，所以难免羡慕那些能把字写好的人。况且，杨老师平常表现出来的并不是一副有文化的样子，就连说汉语，除了发音不标准外，舌头也会打结似的，老是表达不熨帖。我和之哥私底下经常嘲笑他。也难怪，他是从藏文学校毕业的。

他也很有"派头"啊。这个"派头"是能让平凡的他闪闪发光的，但这并不是装出来的，是一种进入到工作中的状态。他的工作，需要捕捉一些普通人最为稀松平常的状态，这种状态却能反映出一类人平凡真实的内心。有时，为了渲染某种气氛，必须全体噤声。但并不是所有的人都了解这种流程的。就连刚开始时，我也不适应，时不时做出一些小动作，发出一些小声响。他倒好，一点不讲面子，噼里啪啦就吼过来了。挨了两次，我就乖乖记住了。但，心里真难受。别人也会挨骂，除了同情之外，朵朵、之哥我们三人只能面面相觑。工作结束时，他又变得和蔼可亲了，还时不时地调侃我几句。幸好，我不是个记仇的人。

他的这种"专业"，让所有的人都叫他"杨老师"，就连他的领导也这么叫，真不知道他身上是不是具备老师的各种素质。他的好朋友彭勇，也成天"杨老师、杨老师"地叫着，可我听起来，总觉得有一丝戏谑的味道。比起来，我叫的一声"杨老师"

可是发自内心的——苍天可鉴。

可是，他还是没有爱情。但是，他有酒。

有一次，他跟我说："你们这样的人，就是应该喝点酒……喝到一定程度……有一种很舒服的状态……"然后他眯起眼睛，想了半天，我竖着耳朵等下文，他又没办法再继续表达了。

我看到过他的那种状态，很高兴的样子，四肢无力，软绵绵地吊在身体上。他张着嘴，翻来覆去地把一句话说了一遍又一遍。我想，他的身体应该早已进入某种狂欢了吧。他的内心也是，他把自己的一切都交给了酒。

但是，我还是没办法认认真真地"醉"一回。即使是在最高兴的或是最悲伤的事情面前，虽然会心生呼啸，而身体却永远如深海般宁静。我那么小心翼翼，无法敞开，那么矜持地而又刻意地清醒着。

杨老师想问题时，老是喜欢叨个东西。在野外时，是一根草；在餐馆时，叨牙签；在办公室，就只有叨指甲盖了。看起来，像是在思考什么，很有内涵，又不可接近的样子。但有时候他又是这样的：餐桌上的土豆烧排骨，排骨只得几块，杨老师表率带头，给我夹了最好的一块，接下来，同行的兄弟们也不甘示弱了，都轮番着往我碗里夹，一份烧排骨就被我的胃收了。在牧场上，我们遇到了暴风雨，他们为了不让风吹到我，把我包围在帐篷的最中间，我忐忑，不能安然享受，又被他抱怨笨头笨脑。

下山以后，我们住在瓦泽乡上，最惬意的是用啤酒来打发晚间的时光。他的一位兄弟，湖南小伙子方锋，打电话过来说是要打个照面，结果一屁股坐下就不走了。他们浸泡在酒中，插科打诨，还聊到了这么多年以来杨老师参与过的各种相亲活动——简直就是杨氏爱情故事集锦。

　　原来，杨老师曾经也是有爱情的。可是，后来为什么又都没有了呢？

　　酒一下肚，杨老师的那些陈年旧事就浮上来了。是他过去最为刻骨铭心的一段爱情故事，那一晚上，我光顾着沉浸在他的故事中，帮他叹息了，酒也没怎么喝，想"醉"一回的想法，由此搁浅。

　　后来，日子继续，杨老师还是在岁月中摸爬滚打，也听闻他的各种趣事，但都与爱情无关。好长一段时间，我们不再见面。我再次见到杨老师，他在高原上炫目的蓝天下，冲着我咧嘴一笑，牙齿仍旧整齐而漂亮，还是那个曾经的少年。

卖猪肉的一家人

死之前，猪摔了一跤。表面上看起来倒是白净光生的，直到它的身体被放到案板上开膛破肚时，才知道主动脉破了，肚子里红水横飞，灌满了腹腔，就着市场里高高悬在空中晕散的惨白灯光，一片血肉模糊的瘆人样。

案板前，站着的是卖猪肉家的大掌柜。面对着这样一大堆猪肉，他正头疼，就连平时吹得高耸竖立的发型，也跟着纷纷跌倒下去。

大掌柜是个喜欢烫头染发的人，隔三岔五地去弄一头新崭崭的发型，有时候，他顶着这一头毛茸茸高耸耸的蜷曲小发卷，穿梭于半拉子半拉子的生猪丛中；有时候，他背对着我们在案子上耍刀弄棍、剔骨头，整头头发也跟着蓬松晃动，看起来柔柔软软，轻轻松松，真想上去拍上两拍。

但大掌柜并不是花把式，耍刀弄棍，功夫了得。三下两下的，板结在猪肚腹里的成片油块，被扯得哗啦哗啦作响，一会儿与肉体断然分开。刀锋穿梭在肉缝里纹路间，只听得肋骨下唰唰的声音，伴随着一阵一阵的白气，骨肉分离，只剩下连片的五花肉、夹缝肉，四分五裂，在刀光棒影之中被纷纷卸下，被整齐地分列在案板上或者用金属挂钩挂在横木之上，供主顾们挑选。

掌柜的劳动布外套套在衣服外面，油渍斑斑。但这丝毫不影响他的无边魅力，他被包围在一群妇女中间，她们都在冲着他要这要那的。可掌柜并没有因此乱了阵脚，先来后到分得清清楚楚，然后根据买主的要求，左右开攻，一刀割下去斤两不差几钱，肥瘦相宜，少个毛角把块的倒也不放在心上，更何况还有那么一头帅气蓬松的头发。

之前，市场里除了他家，还有另一家卖肉的，都是左邻右舍，面对面周旋在同一块地盘之上。两掌柜同为卖猪肉的中年人，年龄相仿，也着一身劳动布大衫，只是这家理着平头，显得中规中矩。好多人一来到肉摊跟前，便不自觉地冲着这家烫了头的掌柜而去。久而久之，对方也有些气馁，便默默隐退肉的江湖。

烫头掌柜当仁不让，从此叱咤市场猪肉界。最早，他的帮手只有他的媳妇。嘴上虽然爱碎碎念个不停，但手脚麻利，在一旁的大盆子里忙着整理猪下水，眼睛却不时瞟向忙碌丈夫，斤两一称，数字在嘴里一滚，几进几出就清清楚楚了。后来，生意越来越好，索性把儿子们也叫过来帮忙。

大儿子带着儿媳妇，是突然出现的。两人都生得白皙干净，而且都还长得一副文质彬彬的样子。总之，两人的气质，与猪头肉啊、板油啊、膀啊、猪蹄啊什么的极为不符，他们又总是在一旁悄悄地做事。第一次发现他们时是有一天，我在半匹半匹的猪肉堆里犹豫不决，突然递过一张小巧可人的脸来问我要买什么。我看了一眼眼前的女孩，恨不得赶快跑开，重新梳妆打扮一番，然后再站在她的面前。是他家的儿媳妇，跟她比起来，我支棱的头发，松垮的外套，才更像是卖猪肉的女儿。然后，我看她帮我割肉，她精巧细致的手指做起活路来，一点不含糊。我猜想，即使是已经毫无知觉的猪肉，也应该被她切割得很舒服吧。

　　相较父亲在生意场上的风云，若只说两人因为外表的光鲜倒稍显含蓄，只是默默无闻地跟着父亲母亲割肉过日子。随着日子一天一天过去，特别是媳妇，变得更为黯淡。就连她的手指也是，伸出来已如胡萝卜一般，包裹着层层纱布，指尖部分，露出一截，涂着蓝注注的药水。

　　大儿子来的时候，小儿子也来了，倒是没帮上什么忙，成天坐在菜市柱子场下面的小桌旁写作业，另外，他还承担着另一项重要的工作，就是挨骂。每个人都在工作间隙走过去，向他的作业瞟上几眼，如果没做对，就骂起来了，看起来样子也怪可怜的。不过，生活中，每个人都在为了这个家庭努力，他虽然还小，但也算是为这个家庭分担了点什么吧。

豆 孃

深冬的早晨，四下寂静。屋里暖烘烘的，酥油茶已经打好，我有一碗没一碗地喝着，等着电炉上蒸锅里的玉麦馍馍上气。

玉麦馍馍是豆孃分给我的。

前几年，玉麦馍馍紧俏得很，只在距康定县城五十公里的泸定县有卖，而且味道极佳的只得一家，那是一家农户，在山脚下搭了一间伙房，一年四季都热气腾腾香气四溢。灶房里，打了四口大灶，四口灶上各支起一头大铁锅，大铁锅均匀吸热，柴火旺旺地燃烧，每一团面粉和进了玉米、鸡蛋、白砂糖，被烤得舒服，每一孔间隙都呼吸进刚刚好的热量，一粒粒粉末皮开肉绽，接连爆裂，锅盖一揭开，满满当当，锅内玉麦馍馍扎扎实实，一团一团粘满了锅面，黄澄澄的一片。有时候也会有白头嫩脸的馒头，都是脸那么大的，一个一个，弹性十足，挨挨挤挤，一团和气。贴近锅底的部分，火力集中，能烘烤出最为酥气坚硬的锅巴，成色较深却也最为诱人。玉米啊、面粉啊，好像都要"英勇就义"了，每一粒细微的粉尘，决定扬起最大的能量，散发人间最为质朴美好的味道。

那几年，每次进出泸定，都要买十几个，甚至几十个，分享给亲戚朋友们，人间美味，是最大的人情。近几年，康定临街的小铺从他家大量收购，从此美味就在身边，变得唾手可得，不知不觉，连这样的美食也变得味道寡淡了。

豆嬢来找我时，掖着口袋，我猜她肯定又给我带了什么好东西。之前，她也这样，神神秘秘地将带给我的东西藏在黑漆漆的口袋里，每次都略带歉意地叫我不要嫌弃。我打开口袋，里面不是洋芋、莴笋，就是青菜、白菜的，跟豆嬢一样实在。这些，都是她家自己种的，卖相虽然一般，但散发着食物最本真的味道：洋芋是真正的洋芋，有浓重的淀粉味，青菜裹挟着浓重的泥土，飘散着青菜独特的香味。

这次，豆嬢又给我带什么来了？她抖搂抖搂口袋，从最底部取出一团黄色。我一看：是玉麦馍馍！最近好长一段时间，都以这个为食的，很有些嫌弃，正想推辞，她却略带歉意地说了："人家给我带了五个玉麦馍馍，其他的都分人了，自己留了一个，所以就不好意思了，只能给你一个了。"她这样一说，反而让我心生内疚，不好意思再推辞，接过手来。

接下来，每天早晨，切下一牙，蒸在锅里，仍然能吃得津津有味。每次都把锅巴的部分留到最后吃，上过蒸笼的锅巴仍旧丰厚敦实，虽然不再酥脆，却仍旧麦香十足。放在嘴里，唇齿间香甜滚滚，偶尔有一丝丝的涩味掺杂其中，那是烤焦了的部分。此时，锅巴吸足了水分，嚼起来韧性绵密。

在认识豆嬢之前，我吃东西只是为了填饱肚子。

我跟她坐在一张桌子上午餐，我吃完了，坐着等她，等着等着，就只看到她那张慢慢咀嚼的嘴了。总是在想，上前，一把按住她的脑袋和下巴，帮她加速嘴的上下张合，提高食物的搅拌。但是我没有，我仍旧只能坐在她的对面，看她一勺一勺地将米饭、菜、肉倒进嘴里，细致地嚼啊嚼。后来，为了等她，我不得不放慢速度，淀粉、肉各种食物的细致味道才开始慢慢向我铺展开来，美味都是要细细品尝的，豆嬢悟得早，难怪胖乎乎的。

豆嬢有一个很青春可爱的小名——"豆豆"。但她觉得自己对不起这个名字，明明就是一把年纪的人了。有一回，我向大家介绍："这是豆豆。"那嘻嘻忙作一团的几人，一听，都放下手中的活路，放眼过来瞅"豆豆"。"豆豆"就站在屋的中央，四下是安静的，豆嬢憨厚地红着一张脸，觉得自己欺骗了大家，叫了"豆豆"这么一个名字。从此以后，我跟大家介绍起豆嬢，会清清嗓子，然后说："这位是郭老师。"（她大名姓郭，之前又当过老师。）

在此之前，豆嬢在更为偏远的高海拔地区工作，因为紫外线强烈，弄得整张脸像玉麦馍馍的锅巴似的，色块分明，时深时浅，所以新来的孩子们（90后）都叫她嬢嬢，豆嬢倒也不在乎。我们跟着闹，就叫起豆嬢这个名字来，她答应起来，也是甜甜的。都说康定水养人，她回康定住了几年，肤色变好了些，再涂抹个面粉啊、防晒霜什么的，早上一到办公室就能看到她那张红扑扑的脸蛋，杵在你跟前。

我们接到新的任务时，正是八月，康定最晴好的日子。那时天空湛蓝，我们背着夹子、剪刀、镊子、草纸，走遍了东面和北面的山坡。我们要采集植物的标本，用来做展示。我们前前后后地走着，在一丛一丛植物里搜寻，剪下好看的枝叶，垫上草纸，摆好压平，再夹入背夹，用绳子拴紧，又继续往前走。豆嬢对辨识植物这件事非常在行，在我们眼里两种一样的植物，她总能找出细微的差别。一路上她都在不停地讲，这跟平常的她很不一样，说起植物的土名：芨芨草、水芹草、酸酸草……如数家珍，对我们来说是轻松而又愉快的一件事。走到后来，孩子们都愿意跟着她走，最后越来越远，隐没在高山上的灌木丛中，当我抬起头来，听到远处的声响，我知道他们都在附近，就大声喊起来："豆嬢——豆嬢——"心中无限的踏实。

故事人生

郑钦小月十三岁了，满脑子幻想，越发喜欢听一些不着边际的故事。给她讲的故事当然越离谱越好，但情节设置又要与现实生活沾边，不然，她连珠炮似的发问，直问得我这个讲故事的人心虚，就连我讲的故事也显得涣散没有诚意。

其实，很多故事也是我听来或者读来的，然后我又以第一人称加工一番，再讲给她听。基于她略有的人生阅历，以及我对故事模糊的记忆，所以在讲之前，我还是会认真思考一番，重新梳理故事细节，层层推开递进讲下去。我这么认真，所以，郑钦小月总是没完没了地缠着我"再讲一个"。

幸好，不是所有的听众都像她这样高标准，严要求。比如，给小牛同学讲的时候，故事一向简单粗暴，只需要一个开头，一个结尾便可，一般故事以"从前"开头：其一，从前，有个女娃子喜欢穿裙子，后来，她就变成了裙子。这个故事，主要是针对她爱穿裙子的喜好，随口杜撰而来。但似乎很奏效，从此，她不再冰天雪地的时候还嚷着要穿纱做的裙子。

其二，从前，有个人喜欢耍手机，后来手机长到了脸上，把脸割下来的同时手机才取了下来。细节不多，但结局很可怕。小牛同学对此深信不疑，有一个晚上，将近十一点了，她迟迟不肯睡去，扑在床上嘤嘤嗡嗡地说起对我的担心，因为我最近老是抱着手机，连瞧都没瞧她一正眼，出于害怕，手机可能要长在我的脸上了。

看来，对于像小牛同学这样年纪小的，没有思考能力的听者来说，每一个听来的故事，就是讲故事的人真正亲身经历过的，所以，她才会那样深受启发。

像我们一样，整个童年，听了那么多的故事，有的故事一讲再讲，故事的力量就在讲述的过程中慢慢显现。它渗透到我们的身体里，根植在其中，然后源源不断输送营养，贯穿于人整个漫长的一生。

起初，我们并没有辨别能力，也从来没有怀疑过，我们深信，所有的故事，都是真真正正在这个世界上发生过的。让我们停留的那些故事，我们一再回味，有害怕，有感动，有喜爱，也有黑白分明的憎恶。

当记忆越来越深，故事摇摇下坠，直至沉入脑海中最宁静的更深处，似乎永远沉睡了。是身体无意间的抵达，内心被触动了，揣测故事就发生在途经的某处，那些故事瞬间就被唤醒，记忆波涛暗涌，来势汹汹，像是再去经历讲故事的人所经历过的一切，细枝末节，纤毫毕现。这些，都依赖于那些会讲故事的人。

首推我舅。他讲的故事都带有魔幻色彩，他讲起过德格——某种神山的山神，是一只方面的老虎；还有康区的某座寺庙，在特定时间朝觐，会给人异样的，如同站在观音菩萨净水瓶中的感觉。舅待过的每一处，无论是深藏于山中的小县城，还是牧场深处，都成了我向往之处。

其次，还有我妈。虽然一辈子生活在藏区，她却不信佛，但她仍旧有慈悲无边，她信的是那有灵的万物，她讲的故事从来都是花鸟虫草。除了蜈蚣报恩之外，最爱给我们讲她家的那头大花猪，像狗一样看家，"粮食过关"的那几年，猪没有吃的，只有跑去厕所吃屎，后来宰杀后，肚子里一包大蛆，这就足以让她心疼一辈子。她说话的口音有浓重的康定味，讲给我听，讲给小牛同学听。比起我的敷衍，小牛同学总是对阿婆青眼有加，虽然阿婆没有什么文化，但阿婆却是这个世界上最会讲故事的人。

后来，好几年主要就听朋友的父亲大九叔叔讲。他讲的红军长征，他的讲述像是一本波澜壮阔的立体书，所有事件清晰明了地在你面前铺展开来。他目光炯炯，像参与过每一次重大军事策略，明线暗线一根不落，梳理得清清楚楚。他声如洪钟，时轻时缓，弄得我们也跟着时而紧张，时而凝重，关键时刻最怕他像那些说书人一样，一拍醒木，说道："且听下回分解。"因他的触动，最不喜军事战争史的我，生平第一次对着电脑泪流满面，是因为陈昌浩同志。

同龄人里，也有会讲故事的。去泽仁家喝口猛烈的酥油酒，整个人就暖和起来了。坐下来，慢慢听她讲她的祖先，是野人，透过通透的皮肤能看到汩汩流动的血液，还有住在胸腔里那颗强而有力撞击着的心脏。听她讲关于奶奶逝去以后，奶奶孤单的灵魂对于世人的思念。每当我听这些的时候，总感觉毛孔呈竖立、张开状，连身体这样微小之处都感到那奇妙的、未可知的，甚至是有些孤独的存在。听到这些，我越发相信它们存在于某处，每一个人都有微乎其微的可能与之相遇。与灵魂鬼怪有关的这些故事一点也不可怕，反而让人有些悲伤。

唯一的童年

一

我一直试图重新给你拼凑一个童年的，妈妈。

于是我跑到了过去，我想看看，那时候你会是一个什么样子。

结果那天刚下完一场大雨，像你跟我说起的那天一样。但我却没有看到往常的那个你：那个原本应该是蓬头垢面的，蹲在院子里埋着头双手扎在水里不停地揉搓衣服的你。

此时的院子里那盆肥皂水还在，只是黑乎乎的，已经打不出任何泡泡，冷冰冰地放在那里。我扭头向黑洞洞的屋里张望了一下，回过头踮着脚尖跳过地面上一摊一摊的积水，从院子跑了出去，沿着高高低低的石阶，穿过一条没有一个人的巷子，耳边只有风声呼呼而过。

巷子的尽头便是大街了，人们仿佛突然从四面八方赶过来了，全部拥在街头。

我沿着街边走了几步就到了水井子，水井子的上游，有那么多小小的米虾在游动，那里围满了逮虾的小孩子们。我企图从那群蹲着的、趴着的孩子的背影里找到你的影子，却只看到两只孤单的水桶放在水井子的长条石上。

二

我垂头丧气地又沿着原路返回，一脚跨进门槛，才看到夯土泥墙一侧靠着的一口大水缸在嗡嗡作响。它空洞得仿佛要将屋里简陋的一切都吸进去。我有些害怕，那么大的水缸，足足可以装下两个成年的我了。而那时的你，每两三天就要来来回回地在这个弯曲的小巷子里跑上十几趟，将这个无底洞填满。你一言不发地望着黑乎乎的水缸，如临深渊，小心翼翼地往里面一桶一桶地倒水。

墙的另一侧放着一根独独的木头桩子，木头桩子被削成了一级一级的阶梯。我顺着就爬了上去，到了这幢房子的阁楼里，屋里没有点灯，我由此陷入浓重的黑暗中。是将要迎来第二场大雨的沉闷。屋外的天快要塌下来了，那扇唯一的小窗户向外敞着，由一根圆溜溜的木头棍支撑着，黑压压的光线密密实实地顺着敞开的空间挤进来，屋里融入了更加黏腻的空气。

此时，楼下有谁点亮了蜡烛，灯光顺着我爬上来的楼梯弥漫了过来。在闪烁的微弱的亮光中，我看到了那个默不作声地坐在床边上的小女孩。一定是你吧，妈妈。那是一张年轻得我几乎都不认识的脸。

三

其实你早就过了该读书的年纪。八岁还是九岁，你才第一次进入学堂。可是偏偏你的眼睛又近视，老师怎么样都没法给你安排一个合适的位置。"算了吧，女娃娃还是回家帮做点家务带下弟弟妹妹。"你的老师说。于是，这竟又是你最后一次进入学堂。

　　每天，你都在家里缝缝补补，洗洗刷刷。那天，乌云黑压压地就要下来了。你做完手上的活路，觉得天黑成这样，该是要去接弟弟的光景了。于是，锁上门就出去了。你趴在弟弟的教室门口眼馋地瞅了好一会儿，老师正在给大家发糖块。你美滋滋地心想，能给自己发一块该多好。你就在那里站着，看着。学校的一切都是那么的美好，你感觉没多久便接到了弟弟，其实你在学校已经耽搁了一个多小时。

　　这天，外婆拉完驾驾车，很早就回家了，一天的劳动让她很疲倦。她回到家却看到门锁着，便在院子里等，始终没有看到自己的女儿，便猜想着自己为了这个家一生所累，而你还在外面贪玩。所以当你牵着弟弟回来的时候，她远远地就开始骂起来，当你走近了，她用指头点着你的脑门破口大骂，你躲闪着，解释着。可是外婆还是气得牙痒痒，抄起家伙就往你身上乱打一通。后来，你长大了，为人妻、为人母时，忘记了身上的疼痛。你想起外婆那一声声的谩骂，更觉得心痛，那不是一位母亲该用在自己女儿身上的字眼啊。

　　而这时的你蜷缩在阁楼上，想起被打的情形时，没法不恨自己，你惩罚自己，想得到大家的怜悯……

　　　　　　　　　　　　四

　　这个西南边陲的高远小城终于成功酝酿出一场瓢泼大雨，黑暗角落里那个小小的身体在闪电雷鸣之间，释放了一切的能量，不顾一切朝床边的墙上一阵猛撞。

　　当第一颗雨点子砸向地面的时候，第一股鲜血也顺着鼻孔流了出来，你伴着一阵阵的雷声，开始了有节制的哭泣。你仰头哀号，那些从喉咙里发出的呜咽声，趁着那一声声的轰轰雷鸣，像闪电般深深嵌入一朵朵浓重的乌云里，却任谁也听不到。

狂风暴雨过后，窗外的雨声渐渐开始清晰起来，你精疲力竭，鼻孔结满了血痂。你看着地上那一摊可以用来示威的，二十个鸡蛋都补不起来的鼻血，不再挣扎。你默默地躺下去，静静地闭上眼睛，任由眼泪顺着脸颊滑进耳朵，你隐隐约约听到楼下，有你的亲人们：爸爸、妈妈，还有你的兄弟们就在近处，习作如常。

你已经那么疲倦了，却努力张大了快要闭上的眼睛。你在黑暗中眨着它们，想要寻找到一丝通向未来的亮光。你在委屈中等待着，期待有人会走过来轻抚你的头或者给你一个拥抱吗？可是一直没有人来。只有外婆，在临睡之前走上了那个阁楼，她看到了血迹，只是怔怔地望了一会儿，便拉过铺盖沉沉睡去。

妈妈，此时的你还不是一位母亲，可怜柔软得如同我的孩子一样。外婆就睡在你的身旁，近在咫尺，而她却像只能出现在你梦中的别人的影子，你孤独寂寞，仿佛身陷黑暗的夜空，不停地下坠。你伸手，想要挽留，却没有摸索到任何的依靠。

五

二十多年以后，我以为你早已经忘记了这一切。其实你只是为了自己的孩子们，顾自地坚强起来。你为这一切掘了一个深坑，然后将它们举过头狠心抛下，深深地埋葬了起来。你拍拍手，一转身，以为这样就能和过去道别了。但是这一切仍旧那么顽固，它们是你生命之初被种下的最无奈的种子，即使在地底也能辐射出对你一生的影响，眼泪由此伴随一生。

在炉城小学三年级一班的过道上，你在等待着自己生病的女儿下课，去医院打最后一针。在快要四十五分钟的等待中，一分一秒都是一种漫长的等待。你小心翼翼地探出头在门口张望了一下，很快就被上课的老师发现了。不一会儿，你的女儿像小鸡似的被老师拎着一瘸一拐地出来了。

老师尖着嗓子极其严肃地说你影响了课堂纪律，害得全班孩子都不认真听课了。你内疚而又不安，想要跟老师解释，而老师只是不耐烦地挥了一下手，对着我说："你妈妈是不是没做对嘛？"我埋着头连看你的勇气都没有，几乎连想都没想便点了一下头。在下课的铃声中，老师带着胜利的步伐走进了教室。而我却像一个叛徒一样，被你牵着向医院走去。妈妈，我在世俗的权威中背叛了你，或许你早就习惯了全世界的背叛，但唯一受不起的却是这一次。那些无法用言语表达的无奈，再一次地积累在你的心里，填得满满当当。

但是，你仍然温柔地牵着我，甚至我能感受到你掌心的茧子都是那样柔软。

六

时光漫漫，我无法阻止它们侵蚀你的生命。过去了的岁月，一笔一笔地在画下重重的痕迹，这些都让你积蓄了强大的力量。在你手脚麻利做过的那些家务中，那些放在记忆中的被你抹过一遍又一遍的老旧物事，被岁月的光辉慢慢浸润着，跟你一样在慢慢老去。几十年过去了，屋外，光怪陆离，时光早已经不同了；屋里，你守着那些日渐破烂的家什，从容不迫。

　　我想起了我的小时候，那个被你铺展得广阔平坦得像草原的小时候，我可以像一匹小马一样纵情撒野，奔向四方。当我无时无刻不需要你的时候，你就走近了我。我已经记不得最初你的面容，仿佛生来如此，是岁月里练就的那些平淡从容，让你拥有了现在这样一张不平整不舒展的脸，瘦小的身材，微微拱起的背部，那些零碎匆忙的步伐，让你轻而易举地就被人群淹没。

　　只是，我从来没有想到过，你曾经也拥有过这样稚嫩的脸庞。而你的童年就是以这样的方式出现在你最初的生活中的，是不是从这时就开始埋下了伏笔呢，你那么坚强，却仍然要让你的这一生流那么多无所适从的眼泪。如果能够，此时的我，只想回到过去，给你一个温暖的拥抱。

搭车客

有一次，我们又要沿着唯一的土路回家。还是炎热的季节，车轮碾起沙尘漫漫，整条路上只有我们在奔突，什么生物都没有碰到，天空中的小鸟，花朵上翻飞的蜜蜂、蝴蝶，草丛里觅食的蚂蚁，路上的行人，什么都没有，除了太阳，热情炙烤着一切，所到之处，水汽都被抽离，空气也在若有似无地蒸发，就连钢铁的车头，看起来也快被融化掉了，变得歪歪扭扭，软软糯糯。

坐在车里的我们，觉得身上的每一缕线都是多余的，如果可以的话，恨不得全部剥去。正想着的时候，忽然出现了一个女人，杵在路边，穿裹得严严实实，背着什么东西，弓腰驼背地站在大太阳底下，满脸堆笑地望向我们，向我们招着手。

开车的还是东柱。这个孩子，年纪轻轻就迷信得不得了，出于专业司机们各种稀奇古怪，并且能说得头头是道的忌讳，他并没有放慢速度，眼巴巴地，车子从她身边滑过。

这大白天的！能碰到什么嘛。

我侧过头去，在车尾卷起的尘土飞扬之中，望向她，看到她一脸的失落。准备开口，想让我们的司机师傅行个方便，同行的杨老师抢先一步："东柱，停一下嘛，搭她一截。"

车子缓缓停下，女人的目光迅速就明亮了起来，迫切地小跑着奔向我们，但是因为负重前行，所以跑得非常缓慢而又艰难。

我跟坐后排的之哥赶紧挪开，腾出位置，等她上车。她背着的行李是一只巨大的，被填塞得成桶形的饲料口袋。后备厢里是放不下了，早就挤满了各类器材，总不可能一直背着吧，所以她卸下来以后，只有放在座位前搁脚的地方，而她的脚只有蜷曲在一旁，看起来非常不舒服。可是她满不在乎。

这样，整个后排，除了我这边稍显空荡之外，全都被塞满了：三个成年人，一只胖口袋，另外，还有一台又重又贵的摄影机。我跟之哥，想到还有几十公里的路程，又试着腾腾挪挪了半天，虽然这并没有用。

女人看到我们在车内如此这般折腾，歉意地都不知道该说什么好了。好不容易，我俩终于安生了下来，陌生的搭车客也跟着缓缓地舒了口气。

车内音乐轻快，我们也告别了沙土路面，车子飞奔起来。

后来，我跟她聊天以后，猜想现在正是这个女人一生中，难得如此惬意的一个下午吧。

也怪我，每次跟陌生人聊天，就跟警察审问犯人似的。一上来以谈话对象为中心，辐射到所有的家里人，问别人要去哪儿，去干吗，家里有几口人，都在做什么。再往后聊，家里有几头猪，几亩地，还有财产分割啊之类的问题都问得一清二楚了，往往这些搞清楚了之后，就没有什么可聊的了，只是每次都会忘记问别人的名字。还好，女人都是喜欢倾诉的，并且她也并不嫌弃，她以她宽容大气的善意接受了一份过度的陌生的好奇。

据我了解，她原来只是准备搭一截顺风车，去往姑咱镇上，然后在那里搭去康定的班车。我们的目的地也是康定，她带着这么大的行李，倒来倒去也麻烦，不如就顺着我们的车一起到康定了嘛。

我的热情邀请并没有遭到大家的反对，只是可怜了之哥，夹在两个女人中间，家长里短地聊了一路，更可怜的是，他又插不上话。

我侧过头去看这个女人。她有些疲惫，身材那么瘦削，这么热的天，还用深色的防寒服包裹着自己。她的皮肤粗糙，五官在忽暗忽明的光影里，倒显得棱角分明的，头发略微凌乱，有几缕散落在额头上，这反而给朴素的她增添了几分秀丽的颜色。

我问她："你的家在这儿啊？"

她说："啊，我嫁到这儿来了嘛，我和爱人现在为了供娃娃，都在康定县城的工地上打工，今天趁工地上放假，又回来一趟，现在地头的活路多，婆婆一个人做，不放心。"

这倒是真的，山上真的全是老人。田间地头劳作的、吆牛赶马放牧的、围着锅台灶边转的，全是一副副老朽的身体。老人家总是舍不得这里，离不开这里。而年轻人呢，又总是嫌弃这里，他们更渴望到山下，投入到有网络、有电视的现代生活里。其实，最纠结的是中间这一辈，承上启下，为了自己的下一辈，被迫接受新的生活。但过去的生活，仍旧在他们的生命之中，留下了重重的痕迹，无法断然割裂。

"那在康定，你们住哪儿？"

"之前，租了一个房子，一个月要好几百块钱，还要交水电费。现在干的这个工地上有工棚，我们就住工棚。"

工棚是免费的，但却混乱不堪，即使是这样，她也愿意在城市里待着，因为在城市，生活的各种可能，都会纷至沓来。在她看来，这样的工棚是最为珍贵的事物。当女人在工地上干活干得没日没夜了，蓬头垢面，倒头就睡，不能说是幸福，但满足感却是无可比拟的。

　　她又接着说："我顺便带了点菜上去，康定的菜太贵了，肉也贵，吃不起，我带了点腊肉，我们自家养的猪嘛，膘肥肉厚，又香……"她高兴地碰碰身体前的口袋，原来那鼓鼓囊囊的口袋，装着他们一家两口接下来几个月的口粮。女人很满意现在的生活，只要不生病，便能积攒足够的钱，供自己的孩子们读书，或是为以后的生活打算，那是在乡下种地换不来的。

　　要分别时，女人从口袋里掏出几块腊肉分送给我们大家。这沉甸甸的感谢，我们没法拒绝，回家炖煮好以后吃起来特别的香。

　　后来，也还是会时常想起她，猜想她现在过得怎么样了，想到她，会提醒自己不要执拗地孤独和骄傲，也默默为她祈祷，未来的路不再那么奔波和辛苦。

拉吉的婚礼

拉吉要结婚了，婚期就定在这个周日的中午。卓玛早早地打电话来，约我一起去参加婚礼。还说，我们大家都要穿藏装、高跟鞋，漂漂亮亮地出现在婚礼上，给这个美丽的新娘撑撑场面。

可是……

拉吉……

之前，我还琢磨着给她介绍个对象呢。

拉吉是新都桥镇上地地道道的藏族姑娘。听说，男方是八十公里以外雅江县的，这里的汉子们是出了名的剽悍、强壮。新都桥和雅江，同属木雅地区，所以生活习惯应该没什么差别。

虽然我下手迟了一步，但拉吉终究找到了自己的归宿，我还是很为她高兴的。

我应承了卓玛的邀请，开始回忆自己藏装的去处。我是汉人，好歹还是有两套藏装的。平常除了女友小翔爱借去出席一些正式场合，或者搞搞接待外，我都拿它们来压箱底的。我虽出生在藏区，又在藏区长大，但身材有些矮小，长长的裙摆实在不适合裹在我的身上，劳作家务起来，都牵牵绊绊的。

可藏族姑娘们就不一样了，特别是那些生活在牧区的姑娘，她们的童年在广阔无垠的奔跑中，无论是自身的，还是外来的那些力量，都在支撑她们强大起来。她们的青春期，除了个子疯长，身体也变得鼓鼓囊囊的，宽大的藏袍穿在这样的身体上，说不出来的合适。当然，个子不高的藏族女孩子也是有的，但她们深邃的五官又弥补了这一缺陷（拉吉就是这样的女孩）。再说，不是还有高跟鞋嘛，一蹬进鞋子，个个身材高挑，曲线起伏，很有一番韵味。

可惜，我身材一马平川，高跟鞋也不会穿，家里有的也只是运动鞋和平底鞋。女儿对此也相当嫌弃，经常羡慕那些有化妆品和高跟鞋的妈妈。小翔也说："你的这里……"她指了指我的心脏，"是一个男性。"

我倒觉得自己并非是无可救药，我也想闪闪发光地出现在拉吉的婚礼上。出发前，我将所有装备收拾妥当：一套轻薄的西式藏装、一支口红。对了，还穿了一双底子有点厚的白胶鞋。

新娘的亲朋好友从康定出发，这支队伍在行进中逐渐庞大起来。到了新都桥镇上，有更多的亲戚朋友融入进来。吃过午饭，有消息传来说，男方已经做好准备在路上迎接了，所以女人们精心打扮起来。她们钻进房间，再出来时，就变得和以前不一样了，每一个身体都婀娜多姿，头发也高高地盘起，一水儿的摇曳长裙（袍）。我的也是，后摆一直拖到了地上（那双厚底白胶鞋根本撑不起我的高度。）各种好看的佩饰也挂上了，耳垂上、胸口上、腰间，闪闪发亮的、红彤彤的，金的、银的、珊瑚的，映衬着眼波流转、顾盼生辉。

女人们在一起，简直不得了，再加上一打扮，就更是没完没了地照相。而这个时候，新娘在新郎的家里，会是怎样一种情形？在高尔寺山脚下的小县城，应对着各种来宾。在这之余，应该早已向家的方向，遥遥盼望了吧。

　　高原的五月，太阳开始散发出有温度的阳光，山顶仍有厚厚的积雪。山脚下，已经进入春天。路的两旁，嫩芽纷纷往外冒出，河水清澈透亮，裹挟着一丝凉爽的味道。天空很蓝，像是被洗得更为干净的蓝，向四面八方延伸，深远辽阔。淡描的，浓厚的云层随意堆砌其间。

　　雅砻江河谷，植被茂盛，气温在不断上升。新郎家的男士们都出动了，端着美酒，带着哈达，早早地在路边等我们。献哈达的是一位长者，将哈达一一挂在我们的脖子上，我们又接过杯中酒，用无名指蘸着敬献天地。待所有礼节完成，大家都像松了一口气似的，气氛才忽然热闹起来。两个陌生的大家庭，第一次如此正式地，小心翼翼地，试探，汇入，从此互有关联。两个本来毫无关联的灵魂，融入彼此的家庭，浸润彼此，生生不息。

　　接下来，新一轮的合影开始了。这次是男人们，车就停在路边，他们穿着宽大藏袍，戴着宽边檐帽，皮鞋擦得锃亮，英姿飒爽地就站在马路中间，摆出各种潇洒的姿态。

　　仪式在明天，雅江县城的宾馆里。城市的生活简化了一切。但今天，在新郎家，一切都慎重没有懈怠。食物是宴席不可或缺的，此时桌面已被食物占领：各式水果、手抓牛肉、卤牛肚、凉拌鸡块……还有面食，各种形状，各种花边的包子，酸菜的、洋芋的、酥油糌粑的，还有各式酒水饮料。新郎的妈妈慈眉善目，将大家迎请进屋，脸上溢满了开心的笑容，又时不时地过来跟大家客套几句。还有更为年轻的姑娘们，不断地往我们的碗里添茶（酥油茶）倒水。

　　黄昏近前，新郎的家里气氛热闹，伴着夜色越来越浓烈，各种情愫都在暗自酝酿。亲戚朋友们全都过来帮忙了，还有远方来的客人们，每个房间都满满当当的，堆满了人。刚开始大家都在低声地谈论什么，可是目光炯炯，又像是在热烈地期待什么。已经很晚了啊，大家都依依不舍，不肯睡去。再说开怀畅饮过后，歌声也飘起来了，还有舞动的四肢……通宵达旦，永不停止。

　　我们刚落座，拉吉就出现了，仍然是平常的打扮，浓密的黑发随意扎起吊在脑后，一副轻松自在的样子。说起话来还是那么轻言细语，不急不徐，像是刚喝下一杯温度适中的白开水，让人很是觉得舒服熨帖。可我更想看看新郎——我还没见过新郎呢。她的新郎，不一定要高大威猛，粗糙一点也不要紧，但心一定要是柔软的。

　　卓玛说："新郎叫石宝。"

　　我们期待着石宝，等了很久，还是没能见到。回到房间，已不知是几点。我跟小桦姐躺在深深的黑暗中，听到远处仍有隐隐约约的歌声。我们就着那渺茫的音乐，聊到遥远的青春，聊到已经过去很久的婚礼。睡眠深深浅浅地侵入，梦的上空仍有旋律飘荡。窗外的大地陷入深深的呼吸，身体就快要睡去了，可是思想还在暗自活跃，忽然想到，难怪没见到新郎，今天可是新娘的夜晚啊。

　　参加婚礼的人真多，很快就把院子里的空位填满了。老年锅庄队的老头儿、老太太们，已经围成圆圈了，在场地中间不知疲倦地跳着，一曲接一曲。

　　我们也上台表演，深情款款地唱："世界再大，我们好好爱……"

然后，听得一声"新郎，新娘入场"——新郎、新娘出现了，两个富足的人啊，脖子以下披金戴银，踱着方步向我们缓缓走来。现在，是新娘最为明艳动人的时刻，她目光皎洁，眉似远山含黛，一直洋溢着幸福的笑容，露出两排整齐的牙齿。而石宝呢，看起来很有一些紧张，两只手握住腰间的大刀，一脸的严肃。哈，看起来倒是和拉吉很般配的。

接下来，主婚、证婚、亲朋好友敬献哈达，婚礼在按部就班地进行着，没有出现任何纰漏。只是在答谢父母环节，我们桌好几位女士都激动地流泪了。红姐还抓紧时间教育儿子说，以后也要找个拉吉这样的好姑娘。

新郎和新娘简直太受欢迎了，所有的人都要轮流和他们合影。合完影又要接受大家的祝福，他们又客气地道谢，就这样没完没了。我们一行人，站在一边瞅了半天，终于找到合适的机会，拍下这重要而具有纪念意义的一刻。

后来，照片分享给大家，每一个人都清清爽爽，精精神神的——直到最后，看到了我，穿着白胶鞋，像什么奇怪的东西混进去了。

一个平常春天的傍晚

我还蹲在厨房热菜，门被谁敲开了，小牛爸爸身后跟进来三个人，像领导们视察工作一样，把我家里里外外打量了一番。最后，连厕所也没有放过。

厕所必经厨房，厨房重地，闲杂人等是不得入内的。所以，通常只有我一个人待在里面，任里面乌烟瘴气，火光冲天，机器轰鸣，我毫不为之所动，仍旧孑然一身，淡然视之，手拿着锅铲，认真地炒着菜。

但见厨房门被推开，四人鱼贯而入。视我一脸的茫然如空气般，直奔厕所。在炒菜的片刻，我听到几人对水管的事情展开了激烈的讨论。小牛爸爸就我家房屋结构和水管走向，进行了认真解释。来客们恍然大悟，只差没有拍烂自己的脑袋。

这时我的菜已经炒好，准备上桌。作为一名贤惠的劳动妇女，我觉得有必要跟来客们寒暄一番："呃，嗯，将就在这儿吃饭不？"客人们这才发现了我，望向我，冷场三秒。

其中一人，侧过头去问小牛爸爸："这个是潘？"

我紧张地站在旁边，不停地在布满油污的围裙上搓着双手。不想这人居然伸出了右手，我赶紧握住。

"我是阿苏洼达。"来客自报家门，我又一脸茫然。"之前有过神交。"他补充。

小牛爸爸在一旁尴尬地提醒："对对对，你们文学爱好者。"

我恍然大悟，轮到我拍烂脑袋了，对他说："终于见到活的了。"只是他的形象和我想象中那个身材高大的硬汉完全不符。对方报以歉意的微笑，因为他给我的错觉。

而所谓的"神交"，不过是之前读过他的稿子，通过一次电话，知道彼此的名字，仅此而已。听说他不是在九龙县吗？他说，现在的他，在某机关的办公室，身陷琐碎之事。

送走他们，小牛爸爸交代，阿苏同志系九龙人，原来在新龙工作，后来调至康定，然后"潜伏"在康定，一直到今天，到我发现他的这一天。这样一个平常的春天的傍晚，乍暖还寒，出现了这样一个从未谋面的朋友，却像老朋友似的，让我感到一些温暖。

浮生六日

一

雅逊的身体运回来的时候，已经是晚上十点。在"三江蔚城"小区人影幢幢的院坝里，我站在深深的黑暗中，远远就看到了奉那个胖胖的而又落寞的身影。她也看到了我，在亲人们烧着纸钱，跳跃着的火光里，有年长的人按照藏族人的规矩，在给离开了的雅逊烧"尸食"（青稞面混合而成的），烟雾缭绕中，一切都显得那么不真实。她对我露出一个微弱的笑。身旁有人拉了她，给了她一个拥抱，她埋下头扑在那个人的肩膀上，默默地抽泣起来。本来这个拥抱，是我在来之前的路上就给她预备好了的。但是院子里的人那么多。我站在原地，无法挪动自己的脚步。

片刻过后，她用双手使劲抹了一把脸，拍了拍衣服上的灰尘，收拾好一切情绪。开始招呼客人，安慰家属，料理雅逊的后事。

雅逊的妈妈，一直坐在儿子的房子里，高高在上的十二楼，难过得已经无法下地走路。奉去看她，这两个深入雅逊心中的女人，默默地把头靠在一起，一言不发。

二

1996 年，应该是一个阳光灿烂的下午。雅逊陪着自己的朋友，从姑咱卫校专程到康定师范学校探望奉。那应该是他们的初次谋面。一个十五岁，一个十七岁。那一天时光正好，密密匝匝的阳光从头顶倾泻而下，洒在两人青涩的脸庞上，似乎都能看到奉脸上细软的绒毛，散发着金色的光。从此，两个性格南辕北辙的人，开始有了交集，友谊之花慢慢发芽，这样美好的日子伴随着两人，从懵懂无知开始向成熟稳重慢慢蜕变。

如果没有意外，这份与日俱增的友谊应该是可以一直维持到白头的。至少奉是这么认为的，在自己人生失意或得意的时候，在每个稀松平常的日子里，或快乐或悲伤，或热闹或孤独，都有那样一个人，随时可以和你分享嬉笑怒骂。可能再也没有一个人，像雅逊那样，毫不留情面地让奉去直视自己某些血淋淋的弱点；再也没有一个人，能够如此亲密无间，让对方的家人如此信任；也再也不会有这样一个人，让彼此的依赖像空气般无孔不入。

三

雅逊是藏族，按照藏族人的习惯，在人离开这个世界的时候是要请喇嘛来"打卦占卜"的，特别是像他这样突然死亡的，那个孤单的轻盈的灵魂出窍的那一刻，或许连自己都没有意识到自己已经"死"了。

卦相说，雅逊的肉身还要停放四天。

每天都有人络绎不绝地来，履行自己的某种义务，像是慰藉死去的身体和活着的灵魂。

有人去帮着清洗身体，叫奉去找来雅逊生前最爱的衣裤。奉又爬上了十二楼，在那个堆满了人的房间里，她感到前所未有的空旷。她拉开他的大衣柜，整洁得像刚整理过一样。这个爱臭美的男人，无时无刻不在提醒着别人自己的与众不同。奉找了他生前最爱的衬衣、领带，还找了自己送给他的西装，说："雅逊，这套西装不知道你喜欢不喜欢，我也给你穿了。"

收拾好一切，雅逊的身体被隐匿在了那个深深的棺材里。据说，很干净，很完整。

四

奉最后一次见到雅逊是在事故发生后的几个小时。

几个小时前，她正在抗震前线总指挥部。11 月 25 日余震发生后，雅逊去木雅祖庆学校送完救灾物资回来发生车祸。听说的时候，她头脑几乎一片空白。不过，仍旧抱有一丝希望，因为说是还在抢救当中。

她马不停蹄地赶到了现场。我不知道当时的奉是怎样的混乱、绝望，直到有一天在《甘孜日报》头条的一张照片上，我看到了她无助的眼神，那种不愿直视，却又舍不得放下的情绪毫无掩饰地全部显现在脸上。这一次，雅逊带给她的是她最不愿面临的血淋淋。

几小时后，沉溺于悲痛中的奉才缓过神来。唯一想到的是早上雅逊打电话来被她粗鲁打断的遗憾。那种叹息，像是从身体内部慢慢浸透出来的，那样沉重缓慢而又绵长。

五

我和小伙伴们想一直陪在奉的身边，比起那些哭天喊地的泪人，奉平静的外表更加让我们焦灼不安。她的内心隐藏着无法言说的心痛，而我们也不知道用什么来安慰她，即使是语言上的安慰也不能。这一刻，还有什么能比语言更加苍白的东西呢？

胖丫、扁、祥子、我和奉五人，每晚都守在火边，烧纸钱。大家有一搭没一搭地说着说着，偶尔聊到那个就躺在身边咫尺的身体，仿佛一切都还是在昨天。那些有关他的事，那样的清晰鲜活。

胖丫试着缓和一下气氛："雅逊，这些纸钱都是给你烧的，拿去多买点好看的衣服、面膜，比我们都爱美，脸上还长了那么多疙瘩。"奉凝重的脸庞稍微有了一丝笑意。胖丫来劲儿了："这下我们可以说你了，我一直都记得上次我阑尾炎，没能参加成演出，你说我们队里面没得我，舞蹈质量一下子就上去了。"大家都没忍住开始笑。是的，大家都能记住他。

六

认识雅逊，也是早几年前的事了。因为自己的性格，我跟谁也不怎么能热络起来。因为奉的关系，也是最近一两年才慢慢跟他熟稔起来，不过私底下，几乎不怎么来往。

一个星期前，奉出差，我接到了雅逊的电话。正在奇怪，就听到他诚恳地在电话里叫了我潘姐，我想最近几年自己也出老相了，连比自己老的人都要叫自己姐了。正在各种叹息之间，他又真诚请求我过去帮他看一下 11 月 19 日慈善晚会要用的主持词。于是，那个中午，我特意回家洗了头，出门前还多照了照镜子，精精神神地跑去见他。

见到他时，他打扮得仍旧那么干净漂亮。大概沟通了解过后，我要求他把稿子发到我的邮箱里，晚上空闲了再帮他修改修改。他一再地道了谢之后，要我抓紧时间帮这个忙。看着他真诚的眼神，想起几年前，那个混迹于康定文艺界的主持人，留着长长的卷曲的头发，眼神浮躁而又随意。不过，时间真的是个雕刻大师，现在的雅逊，已经被雕琢得恰到好处。

七

这几晚从办理丧事的地方出来，几乎都是凌晨一两点。昔日热闹的街道，商铺林立，自从 11 月 22 日康定发生地震、11 月 25 日又发生强烈余震过后，家家都关门闭户了。到了夜晚，许多人家都放弃了自己温暖的家搬到空地上搭起帐篷过夜，那些星星点点的灯光也越来越少。

我们五人手挽着手，陪着奉走在回家的路上，一口一口的白气从嘴里呵出来，这样的夜显得更加冷清寂凉。

这几日，奉说恍恍惚惚竟不知道怎么度过的。仿佛一晃即逝，但却又如此漫长。

八

就这样雅逊的身体已经安放了第五个晚上了。明天，将要启程。

奉站在一片夜色中，喃喃地对着停放雅逊身体的帐篷，交代着什么，那样依依不舍。对着那个身体，他自己都已经放弃了的肉体，你怎么还那样怜惜呢。

他的身体仍旧静悄悄地停放在那里，世间一切琐碎繁杂之事已经再不能打扰到他。他确实是长眠了，睡得那样安详。

奉在采访时几乎失语，平常那个头脑清晰条理分明的她，在这个时候已经乱成一锅粥，她无法像其他人那样镇定地回想起他的某一个瞬间，某一件事。

她所认识的他，是一个毫不掩饰的他，时而会颓废得跌落在沙发里一言不发，时而一整个下午一整个下午，情绪激动大放厥词。她所认识的他，并不是那个所有人见到的光鲜体面、大放异彩的他，他也有无助需要别人帮助的时候，也有脆弱得需要别人安慰的时候。

她就像他最可亲的姐姐一样，感情、生活、工作，毫无保留。虽然两人互相批判到对方一文不值，但却是彼此这一生最可依赖，最忠实的朋友。两人眼里的对方，才是真实的他（她）。

可是，这一刻她却永远失去了他。

九

六点半，车灯照射下的路两边，能看到雾气正在慢慢地逐渐地退去。车子在缓缓地行驶，奉多希望这是一场没有目的地的启程。

在仪体告别时，奉紧紧地抓住祥子的手，努力支撑着自己，满脸的泪水无声无息地流淌，在一片哭泣声中，被淹没。

这一生，就这样永别了。

　　也是这天，雅逊告别的第六日，奉还是听话地去洗了澡，但仍旧斋戒。奉双眼深陷，雅逊口中的那个"胖子"，终于瘦了一圈。她拿着念珠，默诵着经文，为雅逊祈祷。那么热爱自由的他，在这一刻，抛开了自己的臭皮囊，一定能够走更多更远的路，飞向更高更辽阔的天空。

阳春白雪

今年初春，终于通通透透地下了一场大雪。整个雪后的康定城被笼罩在欢欣鼓舞的气氛中，微露的晨晖洒在厚厚的雪上，莹莹闪着光，又似氤氲着一层一层的青烟。干涸了一冬的土地，不分白天黑夜地享受着这润物细无声，微喘地吐出一口又一口泥土的芬芳，散发出沁透心脾的凉爽来。这是高原上难得绽放的温晴天气，这里的初春仍旧还是冷的，寒风肆虐无忌地锥透了人们身上厚实的衣服，刺喇喇地钻进骨头里去了。缩成一团赶路的人，恨不得把脑壳和四肢都缩进自己的身体里去。

在这样雪后初霁的天气里，我站在窗边望向院子里的那条路，看有没有一双黄色胶鞋突然出现在我面前。我试着吸吸鼻子，似乎想闻到鞋主人的特殊气味。空气里皑皑白雪平静覆盖，只有接近泥土的那层雪水在拼命地融化，应该有滴滴答答的声音吧，可是泥土那么软，那些小小的分贝在滴落的那一瞬间，已经被大地温柔地吸收了，于是慢慢浸出一些凉凉的干净的气味来。对于那双鞋的气味，我的鼻子就像狗一样灵敏，每每我们坐在一起的时候它总是局促地藏在四脚木凳中空的角落，因为它会悄无声息地散发出我们剩菜剩饭并混合汗脚的特殊的气味。以前每个星期的这个时候，我还迷蒙着双眼，满口白沫地站在门口向坎底下吐着漱口水时，这双鞋的主人就已经推开院坝头的大门，放下担子，开始往自己的桶里倒潲水了。而现在，看那满满当当的潲水桶嘛，孤零零地站在一片白茫之中，那些剩菜剩饭已经迫不及待地涌向桶的四周，黏黏糊糊的液体已经顺着桶壁向下滑落。

如果没有特殊情况，这个人是从来不会迟到的。

他也算是我们家的亲戚，住在康定城外，家里养了好几条大肥猪，现在城里头生活好了，剩菜剩饭没地方处理，正好他家需要，而且潲水油气重，养出来的猪肥溜溜的，比花钱买饲料好，于是我家的潲水就由他承包了。每次，他都把潲水处理得干干净净。

按照辈分，这个年龄足足可以当我父亲的人却只是我的哥哥而已，正因为这样，他可以陪我用毛线翻花绳，我可以趁他不备之时胳肢他的痒，享受连和爸爸在一起都没有过的亲密。在那个年代，我爸天远地远地从家乡带了一个来路不明的人回来也算正常。现在，每晚打完几圈麻将回来的老爸，都要遥想一下当年的那些青春岁月，免不得要提起三亲四戚，他的祖宗三辈，绕来绕去可以被他说得清清楚楚，明明了了。只是一问起这个人来，我爸都不知道该从哪里说起才好。只知道我爸带着他来到康定时，他家里就只剩下这么一个人了，这个老老实实的庄稼汉子，凭着自己的勤劳辛苦过活，在遥远的家乡还养了几窝蜜蜂。穷是穷，却也有好处：孤独一人了无牵挂，到哪里都一样。但在二十世纪八九十年代，却鼓足了勇气做出了这样一个挪窝儿的决定。或许，在他的眼里，康定比他的家乡还要落后封闭，很适合他这样斗大的字也不识的人。康定地处高原，天高地阔任鸟飞，自己有的是力气，要想混下来应该是绰绰有余的。初来康定城，他一直寄住在我们家。当他第一次出现在我家院坝头的时候，样子整齐而拘束，着一身蓝色阴丹布做的衣裳，脚上蹬着土黄布的胶鞋，喉咙里呼哧有声。

　　自从他来了以后，我妈要轻松多了，院子里"唰唰唰"扫地的声音比以往响得更早了。担水、洗衣服，这些体力活都抢着争着干，有空闲的时候还拿出一些衣服、裤子和隔壁的孃孃坐在一起缝缝补补，看起来虽然有模有样，但跟他五大三粗的样子着实有些不搭调。我家逮谁骂谁的老阿爷，面对他几乎都无话可说。每次遇到有剩饭剩菜要倒掉的情况，他总是一筷子夹起来三口并作两口就吞掉了："不倒不倒，可惜了可惜了。"

　　这个个子不高的人，一年四季都穿着那样的黄胶鞋，他说脚发热，也难怪，成天只看到他在家里进进出出忙忙碌碌的背影，敦实而又憨厚，没有由来的一种亲切。别人请求他帮忙，他从不回绝，一口应承了做到别人满意为止。别人给他说好说坏，从不参与，他总是用力地点头认真做着回应。正值壮年的他，头发茂盛，但白发却占了"半壁江山"。他的眼睛老爱流泪，在做活路的间隙，他会伸出厚实的通红的手掌去揩他脸颊上的泪，在休息的间隙他偶尔抬起头探望天空，在这一瞬间，这样一个敦厚中年人眼神中居然会流露出多数人少年时代才会有的迷茫。他的额头早已千沟万壑，眼角细细密密地匝着一道又一道纹路，已经能看到皮肤中透露的斑斑点点。岁月不公，在这些起早贪黑的人脸上过早地留下了重重的痕迹。他生活得那么不容易，岁月也没能给他任何惊喜。

　　他和当地一个藏族农家女子结婚后，就搬出了我家，住在了城外，只是定时地到我家来担潲水。只有这些时间才能和他相处，已经记不起那身整齐的阴丹布蓝衫是何时褪去的了。他仍旧敦实，只是不再有农村汉子的形象，口音也开始和本地人一模一样，经常看见的只两身可以换洗的棉布服，深蓝或黑色，都是那种中规中矩的中山服样式，穿得不再像以往那样平展顺畅，总是有些洗不干净的油点子沾在上面。只要是在我家，他什么都不嫌弃，每次都看到他短矬如胡萝卜似的手指灵巧地拨弄我们的潲水桶，那些油水稀里哗啦地连带桶壁粘着的饭菜一并倒入他提来的桶内，轻车熟路地干完这些，他就顺带麻利地把潲水桶附近打扫一番，手脚干净利落，所有的活路都是一气呵成。然后，他来到院坝中间，妈妈拿着一瓢干净的水淋在他手上的时候，他用力地搓着手上的污物，水淅淅沥沥地掉落在附近的草丛里，小水珠一颗一颗在草丛里跳跃闪躲。所以连小草都是喜欢他的，那些小草们欢喜地仰着头，尽情享受着油水的滋润，不停地摇摆着身子。水用尽的时候，手似乎也洗干净了，他用力地在身体两边甩着双手，然后将余下的水汽，顺手就揩在了衣服上，这一系列动作连贯而就。

他的媳妇也经常来我家，是一个可怜的人，几乎从来不敢和我们有任何眼神交流，活了小半辈儿了，眼角纵然也是皱纹交错着，但只是一味地低着头悄悄地转着双眼滴溜溜地瞅人。她穿着一溜儿藏青色的长衫子，头发一根不落地盘在头顶。说话时，喉咙里嘤嘤嗡嗡，鼻子也跟着发出一些厚重的鼻音，几乎听不清楚她在表达些什么。太阳到头顶的光阴，她就过来了，背着一个大大的空背篓，说是菜卖完了准备回家。妈妈便留她下来吃午饭，她吃完饭嘴一抹便又离开了。他对此也没啥话说，只是来挑潲水时，顺手帮着背米买面净拣重活干。每年春节前夕，要扫阳春糊房子，他总是不请自到，仿佛头天打卦了一般，也不多说什么，只是尽他的心力而已。他只懂得最简单的人情世故，他以最卑微的态度去报答每一个对他好的人。

他家住的两岔路村，距离我家六公里左右。一年四季，他就这样风雨无阻地挑着他的潲水担子，在这条路上来来回回地走。他几乎没有闲着的时候，在做自己农活之外，他又养了几窝蜜蜂，他还兼职做些小零工的活路，他做过钢筋工，在一些单位的国营伙食团也帮过忙，那些胖厨子因他受到大家的欢迎嫉妒不已，说他不就是个下里巴人而已。他知道别人说的是些难听的话，但他不计较，装作听不懂，与人和气相处，认真地做事。他就这样默默地赚钱、省钱、存钱，终于给自己家里盖了一幢房子。我觉得他的好日子是要来了：他的女儿也在渐渐长大，已经到了谈婚论嫁的年纪，虽然头脑不是很好用，但他还是待她如心头肉那样。一年四季，他都在为着这个家忙碌着，忙到衣服松松垮垮地挂在身上，不似以往那么精神，他的身体瘦了好多。喉咙里呼哧呼哧的声音仿佛已经隐隐牵涉到了肺部，也跟着拉风箱似的响。爸爸妈妈劝他平时要吃好一点，空的时候还是要去医院检查一下，他只是"好好好"地应着，仍旧在家白开水泡饭加豆瓣酱，更加卖力做事。

白白盼了一天，临近黄昏的时候，知道他是不会来了，门闩一上大门紧闭。大家想起他日渐单薄的身体，都觉得有些不妙。于是第二天一大早，爸爸妈妈就赶到了他的家。屋里显得凌乱不堪，已经没有了整洁利落的光景，看来他是在病床上卧了很久了。他背对着大家，深陷在自己的梦里，深深地吸着气，再慢慢地吐出去，仿佛知道自己定额的气数已快用尽，尽量节约着用。这样漫长的吐故纳新并没有让身体里那些干瘪的细胞充盈起来，整个人仍旧虚弱无比。爸爸抓起骨瘦如柴的手叫起他的名字："阳春，阳春。"他慢慢转过头来向声音发出的方向答应了一声，眼睛像划过夜空的流星般明亮，又迅速黯淡。屋内登时被沉寂笼罩起来，眼下的这个光景，阳光已经从门窗中斜射进来，屋内的光阴看起来深深浅浅，阴暗中的各个角落都开始编织忧伤的网，像藤蔓一样沿着墙角往上攀爬，将所有人都包围起来。转过头去，已经开始有人簌簌落泪，是他的媳妇，突然没了着落，望着门外的院子，那些被他堆得整齐的柴垛子上仍有些积雪覆在上面，在太阳的照耀下闪闪发光，地上已经有小草吐出新蕊，一片欣欣向荣的景象。

高原的天空仍旧高远，特别是在这样的好天气下，远处风云涌动，感觉未来仍旧充满了无数的可能。悲戚于心，天地却并不为之动容，世界就这样悄然地打发走了一个人。与他有关的一切连带那些所有的气味，在火化的那一瞬间，灰飞烟灭。似乎没有这样一个人曾经来过。她的女儿，并没有遗传到他身上任何优点，结婚又离婚然后又再婚。妈妈说他命苦，帮别人养孩子，养大就走了，原来她本来就不是他亲生的。他的媳妇，托他的福，除了卖菜外，将房子租给别人来解决下半生的生计。这之后，我们两家的交集越来越少，后来竟成了两条平行线。

天际繁华，人潮涌动。我在后来的日子遇到了各式各样的人，谁看上去对自己的人生踌躇满志，成竹在心，人前人后都是那样风风光光，却始终没有能找到那种踏实和圆满。然而世界那么大，能有几多人像我这样幸运，在茫茫的人海中，遇到如此阳春白雪，这样想来，一生的感动竟未停息过。

孩子们以及它们

孩子们

我听得一群孩子嘻嘻哈哈，从我家窗户下经过。然后，笑声迈过石坎底飘了上来，紧接着是一阵兵荒马乱的脚步声，正顺着楼梯往上爬。我伸长耳朵一听，心里一紧，不好，像是冲着我家来的。正想装作不在家，敲门声杂七杂八，一顿乱响。

灯亮着，来不及关。只得硬着头皮，轻轻开门，头还没来得及探出去，顺着门缝就钻进一个、两个、三个……六个，总共六个孩子。

我拥挤的，狭小的，安静的房子，瞬间就炸开了……孩子们叽叽喳喳之声不绝于耳。

这其中，有的孩子是来指点江山的，指着我家小牛作业的还未填写空白处说："这儿填米，这儿填厘米，这儿也填厘米。"有人附和："啊，就是，简单得很嘛。"有的孩子是来显摆的："作业还没有写完啊？我早就写完了。"这次，更多人附和："我也是，早就写完了。"这时，有个孩子抬起头来，忽然看向我，说："嬢嬢，你们家还有没有我上次吃的那种棒棒糖？"我正准备回答，有个孩子又抢先发问了，这次终于说到了来我家的目的："嬢嬢，小牛写完作业，可以和我们去玩儿不？"

我的头已经被闹得嗡嗡作响，但在他们面前，我仍旧一副"慈祥"的面孔。他们从没见过我的凶神恶煞，那副嘴脸是有所保留的，只对自己的孩子做重要指示时才会展示出来。

所以，很温柔地，对孩子们说："可以，但是要等她练完钢琴再说。"其中有一个女孩子，一脸崇拜。还大赞起帅祯同学在课堂上读诗时，很有诗人的派头。

"钢琴，你们家有钢琴啊？"男孩子们居然关心这个。

我点头，指向寝室："在那儿。"

真后悔，呼啦啦地，孩子们瞬间就从这间屋子，冲向了寝室，打开琴盖，乱按一气。

客厅空荡，我，形单影只。伴着毫无章法的琴声，时重时轻，倒显得有些孤单。

有些时候，孩子们也不总是像蚁团一样，呼啦啦地扫荡过来，绝尘而去的。偶尔落单，总觉得他们是在思考着无边的人生。他们的眸子那么明亮，像探照灯的光束，探进更加黑暗神秘的角落，看到比日常能暴露在阳光下更多的东西吧。他们总是向大人们示意，他们看到的那些与众不同的地方，可他们还无法找到合适的方式表达，这样总是不能引起大人们的注意。语言，对他们来说，仿佛是极其肤浅的东西。

我曾经跟随小牛的同学——孟航，一起在这个城市里兜兜转转，街道深入浅出，巷子四通八达。他走在前面，一声不吭，我和小牛跟在后面，坦然平和。跟随他重新发现这座城市，就像小时候的我们，在大人关照不到的地方，世界向孩子们敞开了。只是后来，在我们长大的过程中，这些都被我们渐渐遗忘了。

小牛的同学

　　小牛的同学我几乎都认识。有几个经常到我家来找小牛玩儿，其中有一个叫夏洛蒂。她的名字真好听啊，每当这个名字浮现在脑海里时，嘴里便忍不住轻轻叫出声来。顿时，就像阿拉伯细密画家笔下的卷草纹、缠枝纹，顺着笔触爬满整张整张画纸，充满了异域风情的浪漫。

　　夏洛蒂是个瘦小的孩子，皮肤黑黑的，身体灵活。经常看到她在广场上漫无目的地奔跑。她每次敲开了门，只探个小脑袋向屋里张望。然后，眼波扭转瞅向我："嬢嬢，小牛可以和我出去玩儿不？"我害怕看到这样的一双眼睛，又认真而又清亮的眼神，如果要对着这样的眼神说出"不"字，是件很残忍的事。我转过来，看小牛，她头也没抬，仍旧匍匐在桌上奋笔疾书。所以，最后我还是扮演了小牛口中那个"邪恶的母亲"的角色，拖泥带水地拒绝了小夏。小夏并不因此沮丧，仍旧有礼貌地跟我说再见。

　　有一次，夏洛蒂过来玩儿，难得小牛很早做完作业，她们如愿以偿，终于可以愉快地在一起玩耍了。这次，不是她单独来的，身后还跟着一个白白胖胖的小女孩，小夏甜甜地叫了我，又介绍身边的妹妹给我认识："嬢嬢，这个是我的妹妹。"我邀请她们进到屋里。小牛立刻拿出她平时像至宝一样收藏着的零食，由于是同学，小牛第一时间把最好吃的分给她。小夏很有分寸，吃的一到手，立马转交给身边的妹妹，忙不迭地叫妹妹说"谢谢"。真是两个可爱的孩子，我张着大嘴，跟她们说不用客气。

妹妹望向我诧异地问："孃孃，你的牙齿怎么了？"孩子说的是我的牙套，我一本正经："这个是我的大钢牙，是专门为了吃小孩儿的。"小牛就是这样被我捉弄大的，我试想着众多孩子惊恐而无辜的眼神，暗自高兴。然而，小夏却极其淡定，示意她的妹妹不用理我，成功用手上的小玩意儿转移了她的注意力。不一会儿，三个孩子，玩得不亦乐乎。

孤零零的我，独自霸占着电炉的一边，计算自己心理阴影的面积。

小达娃

　　达娃的全名叫达娃拉姆。"达娃"是月亮的意思，"拉姆"是仙女的意思，连起来就是月亮仙女。虽说小达娃和仙女沾不上边，但月亮还是像的，一轮满月般……圆圆的眼睛，圆圆的脸盘，圆圆的身体，圆圆的胳膊和腿……还有……圆圆的一切都浸透在清澈的光芒中，像月亮一样的皎洁。这种光芒，是小孩子们才有的，细微地散发，由内而外，穿透骨骼，穿透血液、皮肤，穿透包裹着她的重重衣物。最近，还穿透了某某牌猪饲料口袋——是她游戏中的一件斗篷。

　　这件斗篷，让她看起来确实有些不一样。孩子们都跑到宿舍院子里来玩，这里总是很安静。忽然，有小孩幽然一句："娘子——我来了——"达娃随之翩然而至，饲料口袋的两端被拴在她的脖子上，尾部被风吹得高高地扬起，伴随着她"呼哧呼哧"地跑动"哗哗"作响。小达娃仍然圆乎乎的，但看起来，她的身体却像气球一样轻盈。

　　与她同时出现的，还有两个小姑娘。她们几个，成天在院子里跑进跑出，总是在玩追来追去的游戏，看上去倒是挺无聊的。有时会打打杀杀，有时是将灌满的矿泉水瓶挤出水来，互相袭击，有时会堆在院子里的石凳上低声地密谋，看样子像是在商量拯救宇宙之类的大事。在她们的身后，还总黏着一个"跟屁虫"，不离不弃的——那是一个吸着鼻涕的小男孩，在几个姐姐面前，他显得弱小、笨拙不堪，一副需要被人照顾的样子。

这个小男孩是达娃的弟弟，两岁多。每次看到达娃拉姆，总觉得她实在是太繁忙了：自己在忙着玩儿的同时，又要忙着照顾这个小跟班。走不动了，姐姐就得把弟弟抱起来。说是抱，其实是拖在地上走，衣服坨成一坨，堆到胸口上，肚脐还有背全部亮在外面，弟弟倒也不反抗，一副任人宰割的样子。翻不过坎时，弟弟对于姐姐无条件地信任和依赖，只是自己仍旧不来气，还是随姐姐怎样处置都行的态度。姐姐已经使出吃奶的劲儿，涨红了脸，在弟弟的屁股后面又推又托，但弟弟就是纹丝不动，实在是无可奈何。

达娃是小牛的同学。除了弟弟，她还有一个姐姐呢，应该是上初中的年纪，大约因为学业太重，所以不常见。达娃呢，刚上小学一年级，对她来说，学业才刚刚起步，离高考还远着呢，一切都还来得及。所以，大人嘛，养家糊口，弟弟帮着照看一下也是正常的。

达娃的爸爸是个敦厚的中年男子，在我家门口开了个面馆。上次，开完家长会后，被老师留下来训话。在娇小的老师面前，埋着头，搓着手，窘迫得无地自容，其认真听话的程度绝不逊色于任何一个刚入学的新生。比起爸爸，达娃拉姆的表现就老练多了，在教室门口探着一颗头，竖着耳朵偷听老师与父亲的谈话。看起来倒是一副心不在焉的样子，内心呢？肯定是煎熬的，毕竟是小孩子嘛，一不小心就被眼睛出卖了，眼珠子一刻不停地滴溜溜直转。就目前爸爸这个生气的样子，回家之后的那顿暴风骤雨是少不了的了。

刚出教室，爸爸的狂风就向达娃拉姆呼啸而来了。爸爸黑着脸，语气低沉而严厉，小达娃觉得天都要塌下来了。我们远远看见了，也躲开，两人头顶乌云密布，惨淡得让人觉得生活就要过不下去了。面对爸爸的喋喋不休，小达娃一声不吭。瞬间，那些繁华的、喧闹的、快乐的、悲伤的，统统都在远离，整个世界只剩下爸爸和达娃了，回家的路因此而变得漫长而遥远。

结果，一回家，暴风骤雨，无限期搁浅了。面馆来客人了，正积极热烈地告知老板面条是排骨还是牛肉口味。达娃爸爸一看生意来了，忙系上围裙，又变回了那个常年躲在灶台后面，在烟雾缭绕中为别人煮面的乐呵呵的爸爸。

相较而言，他更擅长煮面。他家的面条，外面包裹着油亮，好吃又不腻，根根筋道不黏糊。清汤的、红汤的，以及一些下面的小菜，满足各种刁钻古怪的口味，还加料十足，味道也刚刚好。最重要的是童叟无欺，我曾经派小牛同学一个人去吃过面，她抹着嘴回来，小肚子胀得圆鼓鼓的，还说："叔叔不要钱。"加上老板本人一脸和气，所以小面馆人来人往的，倒是被他经营得有声有色的，可是为什么一面对自己的孩子就……

之前，他的小儿子骑着别人的电动三轮摩托，冲进了隔壁的理发店，将一道玻璃门全部撞得粉碎。人们反应过来之后，所有的矛头纷纷冲着当事人。一看，当事人才两岁，闯了祸连逃跑都不知道，懵懂地坐在摩托车上，一点没动，于是大家就原谅了他。然后所有的枪口对准了当事人的监护者——达娃的爸爸。爸爸正忙着煮面呢，知道儿子的"壮举"之后，赶紧放下面条将儿子送到医院进行包扎，所幸只是受了点皮外伤。儿子都受伤了，骂是舍不得的，更别说打了。

与爸爸比起来，达娃拉姆教育弟弟，绝没有半点含糊，一脸的义正词严。弟弟就在爸爸眼皮子底下玩儿呢，手上拿着一袋刚开封的干脆面，眼见着撒了一地，撒了就撒了呗，弟弟也不哭闹，毫不犹豫地从地上胡抓一把，就往嘴里塞。这一幕爸爸没看到，在煮面呢，姐姐却看到了，三步并作两步，上前二话不说，直接"啪啪"两巴掌落在弟弟手上，干脆又利落。弟弟正想哭，警告就来了："掉到地上，有屉屉，吃了肚子痛。"弟弟好像听懂了，可就是控制不住自己，呆呆地站一会儿，就又把手伸向那堆面渣了。

　　夏天快要来的时候，城里的小姑娘们都迫不及待地套上了小裙子，满大街都是姑娘们好看的身影，有层层堆纱的蓬蓬裙，有剪裁合身的薄呢裙，也有样式简洁的纯棉裙。达娃也是，把自己胖胖的身体塞在一条布裙子里，老远见了我们就打招呼，心情别提有多好了。她站定，有意无意地捞捞裙摆，其实我们早就注意到了——胖胖的达娃也是适合穿裙子的啊，裙子能够带给她的是另一种轻盈：比如奔跑、跳跃、旋转，就像我童年深处也曾有过的那一遭：有可能是某一个下午，天空湛蓝，阳光晴好，风吹过来，身体在空气中洞开，世界畅通无碍。

阿卓的包裹

慌乱、短暂的夏天过去的时候，孩子们又纷纷回到了学校。阿卓返校前在微信里告知我说，给小牛同学寄了一个包裹，随机还"嗖"地发了一张画像过来，说画像背面是给小牛的一封信。我一眼就认出，那上面画的是小牛同学的脸。哈，惟妙惟肖的，连她脸上那隐隐约约的缺陷——地包天，都给画了下来。

本来，这是阿卓给小牛的意外的礼物，但我一下没忍住，拿着手机就给小牛看了，她也跟着赞叹，赞叹之余，又抱怨我把阿卓姐姐给她的惊喜弄没了。虽然没了惊喜，但接下来的日子却有了期待。

刚刚开学，日子比较难熬，大家的心都还在外面野着。夜幕下的康定，天黑得越来越早，吃过晚饭，写完作业，就准备洗洗睡觉。挤牙膏的时候，小牛同学拿着卷曲的牙膏皮，愣了半天，对我说："张卓（阿卓的原名）姐姐教我这样，才能把牙膏皮里的牙膏挤得干净。"阿卓跟她，认识不到半个月，就如此无孔不入了。甚至在她上语文课时，书上出现了一个人名儿——张卓然，"张卓"两字尤为赫然，硬是让小牛同学在课堂上激动得热泪盈眶，据她说是对阿卓无比的思念。

阿卓是藏族人，祖籍丹巴，从小就在成都读书，说话时一口成都腔调。我初次领着她在博物馆转悠，讲这讲那的时候，她的眼睛透过圆圆的没有镜片的眼镜，盯着我，不住地点头。我看到她的神情，忽然觉得自己的每句话都像呈堂证供那样庄严，令她无比信服、赞赏，整个人都没来由地充满了自信。

她学的是人类学，一整个假期，别人都在问她人类学到底学什么，我也问了。在她身上，人类学学生的优点在闪闪发光，她可能是太了解我们人类了吧，总能与任何人找到合适的相处之道，并与之相处坦然，无论是谁，甚至是我们的领导——呃，那个年龄接近五十岁的领导。我甚至幻想了一下，在自己二十出头的时候，是绝对不可能与自己的领导相谈甚欢的。并不是说他老，或者是代沟之类的问题，而是在这个年龄，自己还没有足够的底气。

正是这样，阿卓身上那股亲近自然的气息打动了我，我和小牛同学热情地邀请她去我家做客。一个晚上，她都和小牛在桌边玩乐高积木，看得出来，她是全情投入其中，玩得不亦乐乎。

第二次邀请她去家里，是因为感情上的困扰，关于感情这个方面，她来找我，算是问倒我了。我竭尽全力地站在一个已婚妇女的立场上，用尽毕生能想到的浪漫去支持她：当她冲锋陷阵的时候，我在旁边摇旗呐喊；当她败下阵来的时候，我下了一碗面条给她。

我知道她是认真的，她甚至做好了为此改变自己人生轨迹的决定。安慰的话，却不知道怎样说出口。她像一只奔突的小兽，勇往直前，我看到她奋不顾身的样子时，我觉得自己是羡慕她的，她的身上有一个不曾有过的自己。

第三次，她跟小牛同学找到我，取了家里的钥匙，两人邀约着回到了我家。当时，我在一个机关应付一些繁琐冗长的杂事，焦头烂额，一直到七八点才拖着疲惫的身体回家。一听到我开门，俩姑娘就忙着张罗起来，她们一直在饿着肚子等我。我看到满锅的蛋炒饭，还有昨天的剩菜，已经热好，放在饭桌昏暗的灯光下面，我的心里为之一动，顷刻间心中涨满了泪水。这一场熟悉的等待像是永远刻进了心里。所以，其实连我也是在想念阿卓的。

在收到包裹后，我并没有立刻告诉小牛同学。直到她写完了作业，我才小心翼翼地拿出包裹，让她好好高兴了一场。首先，是一本历史书，然后是一本地理书，最后是那封有她画像的信。

她很有仪式感地将信从口袋里掏出来，表情肃穆。我伸长了脖子，想看看阿卓到底在信上写了什么。可小牛同学很警惕，跑到角落里静静地坐下，那是她与阿卓精神世界的交流，世界仿佛因此静下来。她用只有自己才能听到的声音，一字一字地念起来。我赶紧挨过去，又伸过脖子去看，小牛一直提防着，我还是没能看到。最后，她终于郑重地将她的宝物盒——一个心形的玻璃磨砂盒拿出来，然后将信折了又折再放进去。其实阿卓能给她写什么嘛，都是一些口水话，况且还有一些英文（这是后来我偷看到的），相信小牛同学也没有看懂。

只是那两本书，我们还在漫长的学习当中。当我们从公元前二十亿年学到公元前四千年的时候，我跟小牛同学讲起世袭制出现了不平等。小牛同学云淡风轻地提了一个问题：那社会主义核心价值观里不是有一个"平等"？这是阿卓姐姐留给小牛同学的问题吧，等你慢慢长大，会明白一切的。

反哺的小乌鸦

为了箍牙，我在自己三十五岁的时候拔去了自己健康的牙齿四颗。紧接着，牙医又开始敦促我尽快拔掉四颗尽头牙，她掰开我的嘴，很嫌弃地用棉签戳着最角落里躺着的那颗，又特别数落了半天。

我又要拔牙了，我向大家宣布，单位同事康老师幽幽地望着我，我的钢牙忽明忽暗，他难过地摇头："你这个姑娘，怎么就能对自己这么狠呢？"唉，我的内心也在深深地叹气。可是，又有谁知道我孤零零地躺在牙科诊所的长椅上，面对着长针、大麻线、钉锤、镊子……诊所的落地窗能看到外面车水马龙，我一脸平静。但，如果拨开衣服和外皮，一定能看到我收紧的肌肉和龟缩在胸腔肋骨之下的内心。

拔完牙，脸黑了一圈。

回到家的时候，小牛同学还没有放学。忽然想起，两天前，她就吵着要吃蚂蚁上树了。这时候麻药的劲刚过，缝了针的伤口扯着太阳穴疼，我胡乱塞了一颗止痛药，就上灶了，旺火烧锅，碎肉粉条，一锅乱炖。为娘八年有余，这点专业素养还是有的，她的小心眼子，需要得到我们的关注，以让她觉得我们对她的重视，还有一些小小的心愿，时不时是必须满足一下的。

菜刚炒好，她也回家了，一脸的温柔。她知道我今天去看牙了，但并不知道我对自己又下狠手了。我愁着一张脸，她问我：
"你咋子了？"

"我今天拔牙了，痛得很。"我不太想多说话，"你想吃的蚂
蚁上树炒好了，你吃饭吧。"

"那你吃啥子呢？"她很关切。

"我不想吃。"

"你还是吃点牛奶泡面包啊，蛋糕啊这些嘛。"上次拔牙连续
就这么吃了几天，她就记下了。说着，就去拿我经常用来热牛奶
的，印有"劳动最光荣"的瓷盅。

"你做啥子？"我问她。

"我给你热牛奶。"

"那我还是喝点酥油茶嘛。"

我就着酥油茶吃蛋糕，她跟我一起坐着，埋头啄饭，小脑袋
一上一下地起伏，模样整齐可爱，我忍不住伸手摸摸她乌黑的
头发。"其实你今天不用炒蚂蚁上树的，"她说。然后又补充道：
"因为你拔了牙的嘛，但是好好吃哦，"说着猛夹了几筷子粉条，
我略感欣慰。

吃完饭，我准备收拾餐桌。小牛很自觉地就趴在水管旁边了，
一声不吭地戴上手套，在池子里洗起碗来。鼻子有些酸，有这么
样一个女儿还是挺好的，我想起乌鸦反哺的故事来。我一个劲儿
地称赞她是一只小乌鸦。我跟她说，就算我面前有一个比她漂
亮，比她聪明，比她能干的孩子跟她交换，我也是坚决不会换的。

她脸上略有些得意，又不好意思的神色："你每天都是这样
照顾我的嘛。"她说这话的时候，我很难过，这个世上，除了我
妈，就她这样对我好了。

说来有些惭愧，有一天，她也牙疼，一回家就向桌子扑去，

眼泪就要流下来了："我的牙齿，哎哟，要痛死我了。"这种呼天抢地的呐喊，简直像是无助妇女对于生活无望的控诉。我嘴上安慰着，内心却忍不住想笑。

　　有一次，我跟她谈起"二胎"的问题。我俩越说越高兴，简直就像明天就能出生的样子。虽然之前，她一直主张我给她生个豆豆（她的表弟，七岁）那样的孩子，并且强调，一定要和豆豆的样子、身高、性格，一模一样。但后来，她又不想了，她很矛盾，她说："虽然，我很想要个妹妹或者弟弟，但是如果生孩子，你又要痛一场，我又不想你痛。"她说这些的时候，我似乎看到她的内心在闪闪发光，像一颗水晶。

一颗冰糖的温度

小牛同学所在的世界，是阿婆小时候连做梦都没有梦到过的世界。这里完全就是甜蜜的海洋，只要她的小身板经受得住，小牛同学完全可以把家里的糖当作饭来吃，早中晚三餐，每餐一大把一大把地胡吃海塞：软糖、硬糖、奶糖，水果味儿、巧克力味儿，吃腻了这些，甚至还可以挑选一些更为奇特的味道：鼻屎味儿、蠕虫味儿、香皂味儿等等。这可是她理想中的生活啊，我拍着胸脯子，跟她保证，只要她好好学习，长大以后，就可以那样为所欲为。

八年过去了，她仍在为此默默奋斗。这期间，我们并没有严重地克扣她，说起来，她也算得“阅糖无数”了。但对于糖果那种执着，随着年龄的增加却更加严重了。如今，她龅着一口乱牙，每天中午上学前，将头埋在糖果堆里“吭哧吭哧”地拨弄半天，再三催促之后，才胡乱剥开一粒糖果，塞进嘴里，心满意足地抿着往学校走去。

最近，在某个黄昏近前的傍晚，我们老中青三代人围坐在桌边晚餐，阿婆讲起了她小时候的一块冰糖。至此，小牛同学心目中那个坚不可摧的糖果世界坍塌了，她之前吃过的所有糖果都变成了黯淡无味的过往，只有这块冰糖……阿婆讲的时候，我看到小牛同学的眼睛里放着莹莹的光，像冰糖那样剔透，喉咙里吞咽有声，像抿化了的糖块化成的水，她的嘴里在啧啧羡慕着："阿婆，你们好安逸哦，还有冰糖吃。"

说起阿婆记忆深处的这块冰糖，我最先闻到的是它的味道，一丝一丝，一缕一缕，沁人心脾的香甜。阿婆说，隔壁子汪大爷拿着冰糖在蜡烛的火苗上微微炙烤。孩子们就被吸引了，统统过来围着他，眼巴巴地望着这块冰糖，不断地伸出舌头舔着嘴唇。

骤冷骤热交替，冰糖像冰晶一样，干脆果断地碎裂开来，很容易就分成了几小块。汪大爷是个好人，除了自己的孙儿孙女，阿婆他们这些邻家的孩子也都能得到一小块。冰糖含在嘴里，又怕很快化掉，吮吸一口，又赶紧从嘴里掏出来拿在手上。吮吸的时候，连空气都被甜味包裹着。半个多世纪过去了，冰糖余味无穷，阿婆边讲边咂着嘴儿，引得我和小牛同学各种遐想。

我也想起自己小时候偷吃糖果，糖纸塞了一枕头，牙缝里都挤满了糖渣子，对于甜味有一种永不褪去的执着。所以无论过去，还是现在，与这种味道有关的童年，都应该有着宽广的幸福吧。

一间自己的小卖部

第一次到甘孜藏族自治州的极北之地——石渠时，就萌生出开个小卖部的想法。

这个苍凉之境，连草都不好好生长，但却在每一户低矮的平房里，深藏着一窝一窝的小孩儿。往屋里一探，最大的不过八九岁，已经到了爱美的年龄，头顶上戴着干干净净的线织绒帽，正在扫地擦桌子；弟弟们（也有可能是妹妹）剃着利落的平头，四五六个，就在脚边，跑作一团；还有一个更小的，沐浴在阳光之中，全屋就数他最为淡然。卷曲着头发，目光遥远，抱着奶瓶趴在羔儿皮上，混着流将下来的鼻涕，吃得吭哧有声。出门时，老大带领，抱着不会走路的，后面扯着一路小的，洋洋洒洒，又牵牵绊绊地跟了一串。

孩子们出生、哺乳、断奶，然后和稍大的孩子混养，一天天在长大。当生命幼小时，他们理所当然得到额外的关怀。之后呢，也才刚刚咿咿呀呀地学说话而已，连交流都困难。更何况，他们面临的可是海拔四千米以上的大自然。大人们也真放心。

可是，大人们呢？

拔人参果、挖虫草，从一个牧场到另一个牧场地转场，每一季、每一季总有他们忙的。每次路过那些山坡，除了一顶顶黑色的牛毛帐篷外，满山遍野都是牦牛，优哉游哉地啃着草皮。而另外那些不为人知的深山的时光呢，应该更为寂寞，像是被时间遗忘在某一个角落，一切都漫无边际，从容不迫。但在这从容之后呢，不知道有多少迫切的嘴正张着呢，嗷嗷待哺。

这样看来，那些远离孩子，陷入深山，贴近地面，睁大了眼睛，一心寻找虫草的牧民；那些抱团取暖，互相支持，慢慢长大的孩子，应该都需要一些心灵上的慰藉吧。所以，小卖部适时出现。

当我辞去工作，将所有的积蓄投入这样的小卖部时，我一定会努力经营。

小孩儿的必需品是糖果，我能想到的只有这个。他们在远离父母视线以外的地方，悄悄长大。他们得到了糖果，坐在宽广的草原上，像是坐在遥远的地平线上。剥开糖纸，除去糖果以外，周围的一切都是寂静的，世界悄悄走远，他们的快乐，是以糖果为中心的宇宙——孤寂，但有些甜蜜。

我开着移动的小卖部，追随牧民们转场，在月亮上升，明如白昼的夜晚；在饥饿难当，狼吞干粮的时刻；在淅淅沥沥，雨下个不停的季节，我会向他们兜售火柴，除去光明，还有温暖。

最后，我想了想，还是会卖一点酒的，这样，我的小卖部生意会好一些。

清 明

坟前用石片垒起的灰坑，温度尚存，余烟袅袅。坑里只剩下火星在游走，一丝一丝褪去。孩子们瞅着是时候了，跪下，在坟前磕头如捣蒜，毫无章法。

白土坎到小松林，几乎是一条垂直的线。

我们背着纸钱、香火，弓着背，埋着头，一步一步向上爬行。舅舅说，我们是磕着头上去的。上面埋着我的阿婆和我没有见过的外公。于是舅舅的话，有了庄严的仪式感。怀念逝去的长辈需要保持这份肃穆。

直到……有一天，俩小孩出现了。

第一次，坟前，俩小孩很失望，爬了半天的山都没有见到传说中的"主主"。第二次，已是第二年，俩小孩兴致勃勃，又到坟前，问："'主主'在哪儿?"指着坟答曰："躺在里面。""叫他们出来吧。"没人敢叫"主主"出来，俩小孩仍旧失望。第三次，俩小孩似乎懂了"死去"的意味，口口声声觉得两位"主主"都是遭孽（可怜）的人，在烧着纸钱的同时，口中念念有词，虔诚地祈祷两位"主主"在天有灵，能将她变成公主，将他变成军人。

如今，俩小孩又长大了些。作为姐姐的小女孩，细心地发现丧葬用品日新月异。以往用皱纹纸做的挂坟钱，又有了新样式，那些亮晶晶的塑料纸代替了皱纹纸挂在商铺门口，商贩们说："这个风吹不烂，又好看。"小女孩忍不住赞同："这个好漂亮哦，有些人过生日就要用这个装饰。"

作为弟弟的小男孩并不懂姐姐，从白土坎上去看到的第一座坟开始，一路上都幻想着，从坟头上会爬出几只怪兽，让他大显身手一番。

在俩小孩的眼里，大人们永远在忙碌。纸钱一沓一沓，被女人们理开，三张为一摞，用小石块压于坟墓之上。三根香为一炷，点燃插于坟前。薄酒备上，肉食、水果、糖果一一放于碑前。男人们在两位老人的坟前清理，将落叶扫拢，捡些柴火一齐点燃，松针、松香燃得"噼里啪啦"之声不绝于耳，一年一度，这是那个世界，难得看到的人间烟火。

在此之前，小松林，树木参天，终年寂静。

所有的人都在怀念，讲到过去的事，仿佛是正在经历着。坟前涌动着的是思念的情愫，是和故人倾诉了一场。这是集体回忆过去的时刻。从他们的口中，简单拼凑出外公艰难而又朴素的一生。这个汉人，这个异乡人，究竟不会想到，最终他会躺在他乡的土地上，而这个他乡就成了后人的故乡。因他而起的故事，到现在仍旧源源不断地展开。离别时分，孩子们也在叩首行大礼。

下山途中，我又看到了小蓝花"啊啦啦些"，这是从舅舅那儿听来的故事。现在，他又讲给孩子们听。我们听着这样的故事长大，又这样一代一代讲下去。

扎溪卡的男孩子们

我要讲的第一个男孩子，是跟我们一路同行的司机。

这个男孩的名字叫降央，据目测年龄应当比我小，在我老气横秋地问过他的年龄后，心想：这家伙居然小我四五岁。当然，为了回馈他的耿直，我在他还没有提及我的年龄的情况下，也算是一不小心地透露出了自己年龄。但他仍旧"妹妹，吃饭了""谢谢，妹妹"地叫了一路。刚开始我觉得愧对这个称呼，只得心虚地不答应，但后来他一路叫得那样欢畅，况且"妹妹"这样的称呼对于我这样脸上慢慢呈现老态的女人来讲，是最最受用的了，于是也觉得顺耳，一声一声直叫到心里去，就真真觉得自己是个妹妹了。

降央这样的男孩子，就像我们县城里举办各类艺术节时，从甘孜藏族自治州其他各县乌兰牧骑艺术团里涌现出的藏族男孩子一样，时髦得很，皮鞋永远锃亮，穿着永远有型，走起路来左右摇晃，架势十足。根根发丝从发根到发梢吹得一丝不苟，发蜡打得恰到好处。在开车的间隙，还不时地通过倒车镜用一根手指头去拨弄散落在额前的头发，相当满意自己的鼻子眼睛嘴巴的样子。

虽然此时的我坐在副驾驶的位置，因为晕车，脸色惨白，看着精神抖擞的他这样兀自陶醉，只得用黯然的眼神瞟向他，将他各类表情尽收眼底，忍不住打开车窗，号啕地大吐了一阵。

我们的车沿着山形盘旋而上，降央跟着音乐时不时地或低声哼哼，或突兀放嗓一号，整个车厢里都饱含着他的各种深情，弥漫在车内的音符像烧开的水一样，"扑腾扑腾"地一个一个从车窗慢慢挤出去，汇集成一串串五线谱，飘浮在山间。在晨光铺满山间的路上，轻轻地就被微风吹散了。

寒来暑往，这条通往草原上的唯一的路，虽然有雨水滋润阳光照耀下的花毯草垫铺就，有山鹰自由翱翔，有野鼠、野兔跳跃，还有笨拙的牦牛呆呆地张望，但它却亘古不变，默默地坚守在这里。每次经过这里都能感觉到它的孤独与沉默，特别是在空气清亮的早晨，或是在夕阳西下的日暮，巨大的天幕照射下只是特殊的背影，衬托出连绵起伏的山的影子，举目四望，仍觉天地辽远，大自然总是呈现出另一种幽幽的苍凉。

那些白脸牦牛、黑脸牦牛，摇头晃脑，慢吞吞地从公路的这边散步到另一边，我们飞速的汽车远远就看见了，使劲按着喇叭，它们只当没听见似的，拖着沉重而庞大的身体"叮叮当当"地挡在我们的路上，我们踩住刹车减下速来，等待它们沉稳、缓慢地渡过。有的牦牛，一直若有所思，待我们的车缓缓从它的身边经过后，猛地停下所有的动作，呆呆站定，然后如梦初醒般地大彻大悟，扬起四蹄慌张奔跑，仿佛见到了怪物一样扬长而去。

降央今年二月份从扎溪卡草原来到康定，在这里谋了份差事，短短几个月的时间已经驾着这个钢铁的马儿，在这条路上来来回回跑了无数趟。刚开始他一直不怎么说话，只是沉醉在自己的某种快乐中。我问他什么他也只是没听懂似的，勉勉强强地敷衍一番，很不着调的一家伙。在驾驶的过程中，全神贯注于超包括像摩托车在内的各种车辆，因为技术特别好，几乎每超必过，我斜睨着眼睛看见他的脸上全是洋洋得意的表情。偶尔发出"啊悉，啊悉"的声音，是因为别的车超过了他，我在闭目养神的间隙都能想象出，那种夸张的表情挂在他的脸上。

看他也不像是腼腆的男孩子，怎么就那么不爱说话呢，他吞吞吐吐地说："我的汉语一点点好。"饭桌上抢着帮大家盛饭，别人帮他盛时他说："饭，一点点的要。"好在，后来大家混熟了，也不害怕别人笑话了，一上来就说："我一个文化，没。"（我没有文化的意思。）他曾经是舞蹈演员，肢体语言相当丰富，生性豪爽幽默，我问他："像你这样经常东奔西走的，应该自己带一个水杯在身边嘛。"他很认真地回答："我不好意思得很，领导才手上拿个杯子嘛。"照他这样说，我身边全是领导。

我们到达扎溪卡草原以后，他搓着双手走到我们跟前，一副举棋不定的样子，额前的头发也纷纷跌倒，前两日的潇洒劲消失殆尽："我的女朋友嘛，孩子生了，我要去看她。她在青海玉树。"我张大了嘴巴，好在我们一路的带头大哥是个见过世面的人，面对这样的情形，无法为难他，只叮嘱他一路小心，好好陪陪女朋友和孩子。

等等，女朋友？生孩子？好像和他没什么关系嘛，未婚先孕？带着这些八卦的问题，他和我们暂别了。有他的一路，其实很热闹。

接下来，降央奔赴女友怀抱。大家作鸟兽散。

我们开始从车上往乡政府接待室搬睡袋、矿泉水、各类生活用品的时候，从乡政府大楼里跑出来了一个瘦瘦高高的男孩子，彬彬有礼地站在那里（也不知道帮我们搬搬东西）。看起来，他和扎溪卡草原所有的男孩子一样，有着炭一样的皮肤。但从我的某种直觉来说，他不像是本地人。后来，我在乡政府的告示栏上看到了一排排照片，其中一个就是他，照片下面写着，"姓名：其麦泽翁，职位：副乡长"。

这是下午六七点的光景，天还未黑，连绵起伏的小山包，从四面八方温柔环抱，在两天的路途中，我们翻越了一座又一座山脉，仿佛是从低海拔地区的茂密丛林一直来到了空气稀薄的山的顶端。我们先是行进在低低的峡谷地带，空气潮湿细腻，氧气分子随时在身边"砰砰"炸裂，我们顺着山的起伏慢慢地爬在了山的脊梁上，直到眼前豁然开朗，这里空气干燥凛冽，我们大口吸气，以便让心肺更加滋养。石渠县城就坐落在这片开阔的草坝子上了。

接待我们的乡政府，就在石渠县城边上。乡政府大楼坐北朝南，与我们所住的接待室的院子毗邻而居。

绕过我们的院子，再绕到乡政府的院子的角落才找到那个僻静的厕所。

当我们再次推开接待室的门，乡长已经为我们点燃牛粪在钢炉里烧起火来，我们短暂栖息的家，顿时温暖起来。我们的寝室，除了两张整洁的床以外，居然还有藏式茶几，雕龙画凤地摆在屋子的中央。

在遥远的扎溪卡草原，远方的山头已经开始有白雪覆盖的痕迹，在看不到霓虹灯闪烁的街头，在没有繁华街口的县城，只是那样星星点点的光辉，隐隐约约地出现在村庄那些炊烟袅袅的空气中，就足以让你觉得心安了。只是在这样细雨迷蒙的夜，文艺气质迅速泛滥，村口路边那些忽明忽暗的闪烁点，差点让我误以为是为我守护着的温暖烛光。在这里，除了人和牦牛以外，狗的数量屈居第三。那些盈盈的闪光点就是野狗们的准备捕食的小眼神儿。我猜测，这些野狗可能是獒犬的杂交，体型有如小牦牛那么大，呼朋引伴地招摇过市，并且经常居心叵测地打量着你，悄无声息地跟在你的身后，以迅雷不及掩耳之势将你袭倒在地。

虽然这些野狗对谁都一副冬天般寒冷的表情，但居住在这里的人却也是不怕它们的。虽说算不上和平共处，但是在这样贫瘠的土地上，人类作为食物链的顶端，却怜惜每一个生命，与它们总有适当的相处之道。

每只狗都混迹在垃圾堆里，找各种可以吃的东西。乡政府的院子里，随处可见被啃得光滑的像木头棍子似的骨头，均匀细致。可能是吃的东西太少了，不少野狗开始袭击人。其麦泽翁有一次夜归的时候，就经历过一人群挑数狗的恶战。这个单薄的男孩子，肯定早被那群野狗们视为眼中骨了，于是他抽出腰间的皮带，意气风发，抽在狗的身上啪啪作响。那个场面，想起来都觉得惨烈。我猜想若换作是我，另一只手一定要提着裤子才对。

其麦泽翁第二天就陪我们进村了，用他流利的藏语和村民们谈笑风生。因为语言不通，我只得唯唯诺诺地跟在他的身后，偶尔见大家都在笑的时候，也适时对别人一笑。

说是村子，倒是更像一个部落，在连绵的群山深处，离乡上只有二十多公里。山间的十八弯土路，人车都快抖散架了。我们在山顶远远地就看到散落在大地褶皱里的人家了，相对集中地安扎在一些平缓坚实的土地上。贫瘠的草地，承载着人和动物的各种希望，田鼠们猖狂地此起彼伏，牦牛仍旧一副笨拙迟缓的样子，坚韧不拔地啃食几乎已经趴在地上长着的草。纵然地表的水流如此纵横阡陌，也无法滋养起葱郁富饶的土地，通常外来的人都会投来一种怜悯的眼光，特别是孤寡病弱的家庭，苟延残喘，似乎见不到未来的好光景，每天仅靠清茶、糌粑来维持生息。其实所有的人都用尽一生生活在这里，安然享受着生老病死。在这样一个村落，仿佛只能从长大的孩子身上看到时间的流逝，如果可以，这里的人们愿意一直守着传统的生产生活方式一直到天荒地老。

村子里除去几家钢板房外，全是传统的土夯平房。很多村民都趁着好天气在修葺自己的房屋。我们沿着村落走完一家又一家，终于来到了我的目的地——重则的家。

重则正在邻家院落里的围墙上帮别人糊泥巴，戴着一顶帽檐都支棱开了的草帽，从鼻尖到裤脚都沾满了泥浆。其麦泽翁跟他打了招呼，这个精干的小伙子用手一撑，便从围墙上跳了下来，他的妻子紧跟其后，也过来了。

他们招呼我们去他的家，他的两个调皮的儿子，也像小马似的蹦到了跟前。在他的引领下，推开家门，我们像穿过了时空隧道般，掀开了厚实的门帘，仿佛去到了另一个世界。眼前的一切，倒像是误入了《聊斋》故事里的某个大富之家。他的家干净宽敞，四周的墙壁显然是精心地装饰过，虽不是水泥地板，但看得出是用了心平整过的，并且铺上了胶纸地贴。进门左手边一壁木雕藏式家具整整齐齐地靠在墙边，相对着的另一面墙，摆放着几张藏床。墙的角落里整齐地码放着羊毛毯子，据说全是他们家的手工作业。

我们随意安坐，屋内顿时热闹一片。重则这根顶梁柱，当真把这个家是撑起来了的。看这屋内的光景，就知道这小两口绝对是村里的模范夫妻，勤劳勇敢，给年轻人带了一个好头。

重则虽然是一家之主，两个孩子的父亲，但仍旧腼腆害羞。他叫其麦泽翁翻译说："大儿子一直记得康定有个阿什（阿姨）给了糖吃的。"我一听顺势拉住身边的他的儿子，从包里翻出糖果，要他去我家。小孩滴溜溜的两个眼睛，瞬间充满了恐惧，一把抱住爸爸的大腿，无比依恋。

我想起两年前，初次见重则，他作为村艺术团的成员，打扮得漂漂亮亮地在村级接待室的院子里豪迈地跳着真达锅庄的样子。表演结束后，他站在我的跟前，身材瘦小，五官却生得灵秀生动。这个时候他看起来根本没有传统康巴汉子那样的粗犷豪放，眼睛忽闪忽闪的倒像是小孩子的模样。那时，他的妻子混坐在人群中，怀里还抱着那个几个月大的孩子，就那么远远地注视着自己的丈夫，恬淡安静。

我们坐在他的屋里，藏语、汉语夹杂着比比划划谈了好一会儿，根本不管对方听懂没听懂，反正大家都高兴，特别是重则一家人一直在不亦乐乎着。

直到我们说起准备离开了，我伸出手来准备和重则握手道别。他忽然很不好意思地在裤腿上擦手上的泥，通过其麦泽翁的嘴说："不好意思，都没有换身干净的衣服。"

我在心里为这对年轻夫妇竖起了大拇指，在他们的身上，我看到了一些不一样的东西在慢慢地发芽。

从村上回来，我们的院子里来了三个小客人。

一个大的男孩子带着一个小男孩、一个小女孩在远处的草地上玩耍。其中的那个小女孩头发蓬乱，皮肤白皙，穿得像个棉球似的正在蹒跚走路，模样看起来特别可爱。

我胡乱从包里摸出一把糖，把小女孩逗过来一把抱起，准备带回我们寝室玩会儿，这时大男孩也拉起旁边的小男孩慌乱地开始往外面跑，边跑边说："姐姐，你帮我看一下她。"然后指指我怀里这个小的。我当然十分乐意，这个小女孩一点也不害怕，跟着我回到寝室之后，相当有主见地抓了两把糖便要往门外走。我赶紧吱溜吱溜地跟上。

再回到院子里时，那个大男孩也跟着回来了，怀里又多了个嗷嗷哭着的更小的小孩。我赶紧拿出一颗糖凑上前去讨好这个最小的小孩，岂料这个小孩可能根本不知糖为何物，闭着眼睛哭得更凶了。而那个小女孩拿了一把糖，糖纸也不剥就往嘴里胡吃海塞，场面一度混乱异常。

我指着大男孩怀里的小男孩问："他怎么了？"

大男孩无奈地说："他撵他妈妈的路。"刚说完，小男孩便不顾一切地扑向我的怀里。我一把接过来，安慰了几句，刚觉得有点管用，他瞬间又大哭了起来，一个劲儿地指着大门，要去找妈妈。

大男孩接过小男孩，把他放在地上，这小孩居然稳稳当当地走起路来，并且抛开其他人的手一下子牵住了我，我倍感温暖——来自这个小孩无条件的信任。

我问大男孩："弟弟，你好大了？"

大男孩说："十八了。"

"没有读书了？"

"要读，一号就走。"

"在哪儿？"

"自贡，学兽医。"

这会儿，我才好好打量了这个自称十八岁的孩子。眼神清澈干净，看起来也就十二三岁的样子。身材细长，上身的T恤已经盖不住疯长的个头儿，肚脐眼若隐若现地露在外面，下身穿着深色牛仔裤。仔细看他脸上有星星点点的仿佛是被烫过的痕迹。他说他是那两个最小孩子的舅舅，另一个较小的男孩是他的弟弟。

于是我跟着孩子们的舅舅们，在乡政府的院子里转了一圈。途中用啃剩下的骨头收买了一条耷着尾巴的野狗。就这样我跟这个男孩子也算是老相识了，他自报了家门，并邀请我有空去他家坐一坐，他的家就住在乡政府西边的那幢平房里。

晚上的时候，我准备到他家去串门。我稍微准备了点礼物，乡长送过来的面果子和煮好的坨坨牛肉。走到他家门口，透过窗户看到家里有人，临近窗户就有一扇门，我有礼貌地敲了半天都没有人来开门。于是贸然推入，原来这只是一条过道而已。过道上放着一张陈年样式的办公桌，桌子上放着一个小小的炉子，炉子上的平底锅里扑扑地煮着一坨肉，水都快要熬干了的样子。

桌子正对着一道门，我敲了敲，一个藏族阿什（阿姨）给我开了门。我们对望着诧异地站了一会儿，我才突然想起来："嬢嬢，这有点吃的，我拿过来给你们。"这时孩子的大舅舅从窗户边过来了，看到我热情地招呼说："姐姐，快点坐。"然后给我倒上清茶，顾自地又开始拿家什装米做饭了。这个大舅舅的脚边热闹异常，弟弟、外甥女、外甥，换着方式地去骚扰他。大舅舅一点脾气也没有，面带笑容地一会儿给这个削水果，一会儿给那个弄牛奶。

这个藏族阿什，面对着我这么一个陌生人，不停地抱怨起来，家里头没得男人，男人病了两年后死了，现在欠了一屁股债，现在还要养这么多娃娃。我一时也不知道接什么话，指指一直在灶台边忙碌的大舅舅，他一直笑眯眯的，说："这个弟弟乖哦。"阿什一听，更加伤心了，瞬间就双眼湿润。

　　阿什说幸好有这个儿子，不然的话她怎么办啊。她又要工作，屋里小孩又多，然后指着大舅舅的弟弟，不好意思地说："这个是我最小的儿子。"这时，这个小舅舅正忙着和外甥抢苹果吃，险些打起来。藏族阿什忙着调解完后，安抚好每一个小孩的情绪，又过来说："我这个大儿子能干得很，早上起来就忙着做饭，然后带孩子，我们家全靠他一个人。他这儿要出去读书了，我还在想要咋个办哦。"

　　这个懂事的舅舅一直没有说话，与我眼神交接时便歉然一笑。在昏暗的灯光下，我又看到他脸上那些温柔的小疤痕，仿佛都能想象出他笨手笨脚地围绕在锅台边炒菜时，被油点子烫得龇牙咧嘴的瞬间。

　　从他家出来已经是晚上了，被我收买的那条狗趴在我们院子的门口警惕地抬起了头。不过它确实已经是我的狗了，看到是我又缓缓地趴了下去。

　　我回到寝室坐在电炉边准备割点坨坨牛肉来吃，晚风又将孤零零的其麦泽翁吹来了。我们邀请他进来，他一直拘谨地坐在床沿，听我们胡吹海吹一通后，才缓缓融入我们，讲起他的出身。这小男孩是康定人，考进公务员后，一心一意填报了石渠，在这儿已经工作五年了。虽然年纪还小，但因为长期地基层工作，练就了这么一身沉稳内敛的作风。害得我后来都不好意思在他面前四仰八叉地哈哈大笑。

　　在这样偏僻的小县城，内心的孤独啊、寂寞啊可能是年轻人最难克服的。想起自己二十多岁的时候，哪有过这样可贵的信念啊，可是其麦泽翁这个看起来忧郁的男孩子，却特别坚毅，问他时，他像牦牛一样慢吞吞地回答，只说这是他自己的选择。

　　当晚乡长来电话说是村民们因为摩托车的事情发生了争执，

都打起来了。其麦泽翁跟我们聊得意犹未尽的时候便匆匆离去了。最终我们没有来得及说再见。

后来，降央同志终于回来了。我问他当爸爸了，高兴了吧？他说："当爸爸，真的只有一点点高兴。""只有一点点？"简直是太岂有此理了，为什么不是两点点？我马上拿出传统道德的东西来劝说他："女朋友都为你付出那么多了，你一定要娶她。"他不接话，说："我这次过去，是女朋友家亲戚朋友都说她为我生了儿子，现在我却把她甩了。我要过去证明给他们看，我要争这口气。"看吧，这就是生活在扎溪卡草原上的男孩子们那点小小的骄傲。

我家过去年代的一只狗

小牛同学放学回来说起一件事，同学米包子的妈妈说："除了写作业的机器和狗不买之外，什么都可以买。"

我边洗碗边暗自赞叹米包子妈妈的豪气，并想，如果小牛的爸爸允许的话，我其实特别愿意养一只狗。

之前，办公室坐了一帮子热爱动物的小朋友，我跟他们聊起过那种坐下来像一座小山，圆脑袋，长毛遮眼的熊一样的狗。小朋友教导我说，那是"英国古代牧羊犬"。

对，如果有那样一只狗，我可以很任性地在家里面煮饭，都不会顾忌到小牛的放学时间。索性就让它去接她好了，反正学校离家近，穿过两条马路，注意避让一下车辆，在学校门口瑟瑟寒风中翘首企盼。然后，小牛牵着它，或者它牵着小牛，安全返家。

但小牛说："万一它跑掉了呢。"对啊，我怎么没有想到。在没有主人的情况下，狗似脱缰野马，一路撒欢，或许早就忘记了主人是何许人也，更不用说那些光荣而伟大的使命。

然而，我假想的这些狗不过是狗中的甲乙丙丁，过目就忘。在我看来，都不能与我家过去年代的那只狗相提并论。虽然现在的它，也只是存在我的记忆里。这只生活在我童年、少年以及青年时的狗，到现在都常常蹿入我的梦中，我始终能记起老年时的它，牙齿一粒一粒地掉落在地板上的景象。

在它离开这个世界之后的一段日子里，我们时不时地从沙发底下，阳台的角落里，打扫出这些坚硬的存在（一如它那副臭脾气），在地板上翻滚，并与地面发出清脆的摩擦声。这些是它存在过的证据，当然还有那个铜做的铃铛，以及它身前的"镣铐"——那副铁链，都静静地堆放在屋子的角落。

我们怀着复杂而内疚的心情，刨土挖坑，埋葬这个陪伴了我们十三年的身体，我一直为自己，在它生命最后所做的这一行为感到安慰。我抚慰自己的心灵，用于弥补自己曾经没有善待它的过往。

但小朋友们又教导我说，狗是永远不会亏欠主人的，甚至当它知道自己即将死亡的时候，都会默默地跑到一个主人看不见的地方，等待死亡的来临。

可是，铁链加身，直到死亡。它没有自己的权利，在我们的视线之内，气息抽离出身体，身体静止。身体之外呢，有没有不安的灵魂。

我们甚至埋葬了它，年复一年，灵魂不朽，是否想借助泥土绿叶覆盖之下那具腐朽没落的身体发出生前那样焦灼不安的叫声呢？

小花君

一

我妈是顶着"众口铄金"的压力，把小花领回家的。那些小学毕业，比她有文化有远见的孃孃都跑过来指手画脚，她们说："两个娃娃成绩本来就不好了，你还要弄只狗来惯实他们。"妈妈没吱声，毅然决然地抱起那个胖乎乎的小团团回了家。至此，这个刚出世一个星期，连亲妈都没有看清楚过的小家伙，就这样被我妈妈揽入怀抱，与它的妈妈永别了。我抱着它的小身体时，它有些冷，不住地抖动，但我却因拥有他的全部而被满满的高兴塞满，完全没有发现他离开母亲的那种悲伤和恐惧。

这天晚上，这个黑白相间，短手短脚，肥屁股的小狗，就睡在了我家狭窄的寝室里。寝室三米见方，被两张床、一方衣柜、一抬米柜子、一台电视及一张电视柜，挤得满满当当。而现在，两张床中间唯一空出来的过道上，还新添了一个由我妈边愉快地哼着"大海航行靠舵手"边铺好烂棉花的纸箱子，其实光想起这一幕的时候，还是觉得这口箱子星光熠熠，闪烁着温暖与温馨的光辉。但无论如何，这样的窝比不得妈妈温暖的怀抱，小家伙煎熬地度过了一个夜晚，除了不停"哼哼"外，还"扑哧扑哧"地拨拉着纸箱，纸箱壁被它不太尖利的小爪牙挖出一道一道小杠杠来。

　　第二天早上，我们觉得应该给他取个名字，看他满身黑白相间的茸毛，扭动着的小身体，更重要的是，基于我们全家人学识的问题，都觉得再没有比"小花"这个名字更完美的了（虽然后来我家隔壁养狗，取的名字是"波比""九斤"这样既有创意又洋气的狗名，但我仍觉得"小花"这个名是只属于它的，唯一的）。于是"小花"仿佛是因为汇聚了我们一家人的智慧之光而重生了，这只小狗突然也因为这个名字变得更加有灵气跟我们亲近起来。这个普通的名字伴随着这只狗走过了它的一生，伴随它由小花成长为大花，最后变成老花，并且一直伴随着它埋进了那个小小的土坑里。

　　而我妈则更为亲昵地叫它"花娃儿"，就像她的第三个娃娃一样，从小就开始规范它的卫生习惯，一旦在家里拉屎拉尿了，便将它揪住。小花的整张脸都在贴近罪证的地方发抖，被连恐吓带施点小暴力后，便全身而退，退至床底下——它的避难所，以厚实的拖鞋为掩体，只小心翼翼地露出一只眼睛观望外面的世界。可这时的小花毕竟还是年纪小，禁不住这个花花世界那些稀奇古怪的声音、东西的诱惑（其实是我们用手在地上敲，或是用脚在踢一团纸），又毫不犹豫地蹦跶出来，那一身肥肥的肉也在跟着颤动，紧接着"暴风骤雨"再次来袭。好在小花很有耳性，两三次之后，便不再犯这样的低级错误，实在是一只聪明的狗。

　　等小花长到血气方刚的年纪，有时候会叛逆得像青春期的少年一样不服软，在某些特殊的状况下，比如家里来了客人，小花会狂躁地咬个不停，我妈也会忘我地狂揍它一顿。此时的小花根本顾不得身体上的疼痛了，越打越来劲儿，拼尽了全力往外冲，脖子上拴着的铁链子一次次将它拉回，与石板碰撞在一起，仿佛冷兵器时代兵戎相见的那一刻，发出冷冷的尖厉的响声，一声一声侵入鼓膜。有好几次它都被拉得打了趔趄重重地摔在地上，爬起来后，两只利爪唰唰地在青石板上刨着以示威胁，很不甘心的样子，日子久了青石板上被划出来很深的一排痕迹。这样几近疯狂的状态，实在让人觉得可怕，但它却从来没有失控伤害过我妈，一次也没有。

那些孃孃又来了，我妈站在铁链中间，挡住独自在激烈战斗中的小花的身体，她们才小心翼翼地沿着街沿，鱼贯地挤进我家，害怕得都不敢正眼看它一眼。妈妈将它关在门外，在狗吠声中断断续续地听得很严肃的声音："好歪（凶）哦，小心惹祸哦。咬到人了就不好了的，没出事之前，最好是送人算了。"

但，当时我们为什么养狗的呢？康定的贼娃子多，到处都是木板房子，锁一撬就开了，这么厉害的狗正好发挥它的作用。但是看看我们的家，除了那台家家都有的十九英寸电视机，还有什么可以被偷呢？

二

小花的妈妈是只土狗，可能爸爸也就是路上随便看对眼了的一只野狗。就这样的基因生下来了一窝模样整齐可爱的狗崽。小花可能算是出落得最水灵的一个了，它的整个身体覆盖着浓密厚实的黑毛，只有脸和腹部长着柔顺的白毛，它的脸部，像是被谁故意地那么特写了一番：眼睛上方像是用毛笔给重重地添上了两笔，恰恰像是浓浓的眉毛，小萌脸顿时增加了几分英气。那对小耳朵，像两只蝴蝶似的停在脑袋上，时不时地呼扇一下，稍有什么响动，便"哇哇"乱叫一番，势头咄咄逼人。

当然，与现在那些打扮得趾高气扬，穿着高贵衣服，进出理发店的小狗相比，小花这一生确实过得很邋遢，在它唯一一次可以时髦的机会里，妈妈给它套上了一件烂了七八个大洞的毛衣，但它臃肿的身体被挤在那件衣服里相当不满意，一会儿就看见脑袋从袖管里冒出来了。最后，它开始生气，嘴里发出"呜呜"声以示不满。

在最初它可以装萌卖傻的年纪里，它怎样都是可爱的。后来，小花在翘着腿撒尿，我们恍然大悟——原来小花也是有性别的。为了保持这位先生的体面，我们每个星期都会给它洗一次澡，虽然它非常不满意，但还是瑟瑟发抖地站在盆子里任我们摆布，或是轻轻咬咬我们的手掌以此泄愤。洗完澡后的它，坐在敞亮的太阳底下，毛发随着水蒸气一层一层冉冉蒸发而变得卷曲蓬松起来。它那肥厚的屁股坚定地坐在地上，毛茸茸的前爪也像柏杨树一样笔直地支撑着，眼睛干净而又明亮，神态庄严而又肃穆，威武得不可侵犯。所有的人几乎都以为"嘿！那小子真帅"的时候，小花大摇大摆地走到了院坝的中间，对着那堆茂盛的草丛埋下了脑袋。等它再抬起头的时候，那一排草齐刷刷折了一截，再看小花嚅动着的嘴，以及嘴角支棱出来的小碎叶子，都证明小花在像一只羊一样，在大庭广众之下理所当然地吃草！这到底是怎样一只狗啊。直到后来有一次，它抓住了一只老鼠，然后像猫一样将这只老鼠一巴掌一巴掌地玩弄于股掌之间时，那手法熟练纯粹，大家就更为纳闷了，这只狗的身体里到底住着怎样的灵魂。

终于，有一天，小花捍卫自己的家庭和尊严的那股子劲，激怒了我妈妈，在各位嬢嬢几次三番的催促下，小花被送去了离城不远的农村。那有成片成片的草地供它享用，还有更为广阔辽远的天空等着它，说不定它会被培养成为一只骄傲忠实的撵山狗。

偶尔在星期六那些闲适的下午，我会咬着笔头想起小花，不知道小花是怎么过的，或许能够在阳光灿烂的日子里，在草地里翻滚跳跃，逮蝴蝶，就这么玩儿一个下午吧，然后慢慢成长为一头壮年的狗，拥有结实而又强健的四肢，站立起来能够扑倒一个成年人。

没过多久，小花却又被送回来了。新主人说，小花几乎都不吃东西了，怀疑是不是要死掉了。我妈看着它奄奄一息的可怜样儿，又只得把它回收过来，像平常那样喂养着，几天过后就又活蹦乱跳了。我妈特别感慨，说："看，花娃儿是想家了，狗的人情味儿都这么浓。"说完温柔地摸着小花，满眼深情。没过几天，小花旧脾气又犯了，我妈也忘了人情味儿这回事，"噼里啪啦"一顿鞭子就落在了小花的身上。

那几年，我爸和我妈纷纷下岗，好在我爸会开车，自己买了一辆二手柴油车，上上下下地在工地上跑着。只是柴油车不太争气，时而让我爸变成花猫，时而变成"希特勒"地回来。傍晚是一天最为闲适的时段，我爸回家洗去脸上的柴油，拿起酒瓶对着瓶口就吱吱吱地咂起来，听起来酒的滋味是美妙无比的。酒过三巡后，他会将妈妈特意让我们留给他的鸭腿部分不啃完，随手扔给小花，而小花呢，一接一个准，并用爪子使劲按住，找一个不被人打扰的地方好好享用去了。所以，见到我爸爸时小花的尾巴比见到任何人都摇得厉害。

三

寒冷的冬天来了，每天凌晨五六点钟，我妈就要拎着呼呼冒气的开水壶陪我爸去发动他那辆该死的柴油汽车。这时的小花脖子上除了铁链拴着外，还系着铃铛，它也跟着叮叮当当地起来了。目送着他们消失在院子里的黑暗中之后，小花又回过头来睡一觉。这个回笼觉，似乎睡得不怎么踏实，它时不时地扇动耳朵向院子里的门外张望，直到我妈回来。

小花就睡在门边，那是一扇木门。刮风的时候，木门就漏风；下雨下雪的时候就飘雨雪进来。好在强盗小偷几乎都不看好这样形同虚设的门里的家，从来没有光顾过。于是这一方，就被小花雄霸了。小花在我家，除了小时候享受过窝（那口纸箱子）的待遇后，每晚都枕着硬硬的木头地板过夜，蜷成小小的一团。风雨雪飘进来的时候，小花只得躲到门板的后面去，因为那扇本来就不严实的门，在小花无数次的抓挖之后，呈现出越来越大的缝隙。在有星星的夜晚，木门早已被门闩闩上了，主人们早已休息，白花花的月光洒在院子里像白夜似的，小花杵着它的鼻子在门缝里窸窸窣窣地闻了好一阵子，也终于幸福睡去。

我在外求学后，家里的负担更加重了。我妈心一横，脱离了家庭主妇的身份，去工地上找了一份活路，每天忙得灰头土脸。从来没有精心喂养过的小花，就更加没人照顾了。每天的早饭是白开水泡馒头，中午饭白开水泡饭，晚饭当然应该要隆重一点：白糖开水泡饭。

小花的每一个白天都在漫长的等待中度过。每个烈日当头的正午，或是夕阳西下的光景，小花由那根铁链和铃铛陪伴着，孤独地趴在我们搬了的新家的水泥地板上，静静地聆听门外的每一丝丝动静，窗外是一条过道：有来往的行人叽里呱啦的交谈，有汽车来回的奔突声，但它一直都排除这一切的杂念，专心地听着。一旦听到主人匆匆的脚步，闻到从遥远的地方飘过来的主人的汗味，便不遗余力地摇动起尾巴来。这时的小花，半年都洗不上一次澡了。脱落的毛发和新长出的发毛纠结在一起，盘根错节，像一个一个可怕的泥饼子粘在自己的身上，怎么甩也甩不掉。

我妈曾经说，小花是上辈子欠了我们的，所以才跑到我家过这样的日子的。晚年的小花，不再冲动地冲着谁都咬，有客人来了，只是象征性地拉着破嗓子汪汪地吼上两声，然后便睡在我们搬了第三次的家里的阳台上晒太阳。

它看到主人从外面回来，有那么一瞬它是那样警醒的，只是晃动的尾巴不再那么热切，那样懒散地摇动着的频率似乎说明小花已进入暮年。它的牙齿一颗一颗脱落在阳台上，眼睛不再像原来那么清澈明亮，它对什么都不感兴趣，扔给它瓜子，它也不再像以前那样可以在嘴里把果实吞掉，把壳剥吐出来，只是漫不经心地凑上去闻一闻了事。

这天早上，没有听到铁链子拖在地上哗啦作响的声音。妈妈走近它，心疼地叫了两声，没有任何动静。它身上所有东西，包括两只振翅欲飞的耳朵都向下耷拉着。我们又试探地叫了类似于馍馍等他喜欢的食物的字眼，它仍旧一动不动。最终，小花就这样默默地走了，我跟我妈在准备收拾它尸体的时候，才发现它瘦骨嶙峋的身体还没有一个麻袋重，是它堆积在一起的毛皮充实了它的肉体。我们将去拴了它一辈子的铁链子，只有那个铜铃铛陪它下葬。在回来的路上，我妈的神色最为凝重，一路都在讲述小花的故事，我们沉浸在那些飞逝的过往，仿佛耳边都还能听到它弄得那个铃铛叮叮作响。而我始终能想起那个只有快乐的早晨，"小花"——我们冲着它喊。似乎它也喜欢这个名字，在纸箱子里埋头苦干的它一下子就抬起了头，满脸的棉花絮和纸屑，前爪扒在纸箱沿上，偏着脑袋看着我们，它的眼神充满了期待，像是在对于这个世界、对于未来在希冀着什么。

一些其他的生物

这一年，我们搬到了野外，是真正意义上的荒郊野岭。之前，虽然也靠近山，但因为我们的活动，都是围绕着自己的同类展开，所以交际范围十分有限，并没有机会接触到太多人类以外的生物。

当然，这些生物里是不包括猫类和狗类的。

据我观察，我家楼下野猫们总是成群结队的，虽然听说猫都是孤傲的动物。但楼下的这群……权且叫它们邻居吧，有时候它们化装成懒洋洋晒太阳的猫，有时候它们扮演成不经意间路过的猫。花猫、黄猫、麻猫、灰猫们，前呼后拥，左左右右地散落在太阳坝里，东抓西挠地刨这儿抠那儿，梳理毛发，慵懒的傲娇姿态，目空一切。太阳底下，猫儿们的眼睛并不像宝石那样闪烁，而是瞳孔收缩成水滴状，尖锐而不可侵犯。但它们不总是这样优雅的，偶尔会从角落里一窜而出，咋咋呼呼，吓人一大跳，它们自己也会吓到自己，猫毛乍起。这样的虚张声势，实则是为了掩饰内心的慌乱，它们像老鼠一样警觉，尖竖着耳朵，来回转动，吸收着一切信息；佯装眯着的眼睛，细心地观察着我们的一言一行。一旦我们稍有动作，就上窜下跳，跑得不知去向。唉，好歹给它们喂过那么多过期的面包，一点儿也不记情。

都是野猫嘛，除了自由，也更喜欢挑战性的事，对食物也没什么太高的要求，所以它们反而更喜欢自己找的食物。装满了的垃圾桶，才是它们欢乐的海洋。每天早上，远远就看到，垃圾桶里栽上了好几条长尾巴，优哉游哉地左摇右晃。凑上前去，一桶猫脑袋，都在埋头苦干。可愤的是，没有一只猫有公德心，垃圾桶被洗劫，还明目张胆地留下一地证据：纸屑、果皮，比比皆是。为此，我除了深深同情打扫卫生的同志外，也开始对这些猫儿们有丝丝的厌恶。

再说，这些猫儿们毫无节制，不管是春暖花开还是寒冬腊月的季节，母猫们的肚子一拨一拨悄悄地肿胀起来，不出三个月，又消退下去，这之后，身后是一群小奶猫。

孕猫们走在人前，虽然大腹便便，但仍旧轻盈飘逸的样子，轻而易举地就能爬上电线杆，或者龟缩着钻进一个小窟窿里。总之，不要靠近人类就好。

生产的季节，猫儿们生性孤独神秘的一面展现了出来。孕猫带着胖胖的肚皮，去到了那些不为人知的地方，小奶猫是在怎样的情况下被生出来的，母猫又经历了怎样的痛苦呢？这些，对我来说，至今仍是个谜。特别是冬季，想起来，总有些怆然的悲凉。然而母猫产子之后，母性光辉迅速护体。即使再冷，小猫们也紧紧依偎着疲惫的母猫，身体温凉，也会感觉到强烈的安全感。当母猫们再次出现时，俨然有了妈妈的模样，小奶猫有模有样地跟在身后，整齐而可爱，从此，一步不离，认认真真地守护着。

出于同情，楼下的谭孃经常在冬季帮着照顾一些孕中的母猫，直到小猫们安全诞生。冬日暖阳之下，纸箱里溢出了"喵喵"的叫声，小奶猫们已经按捺不住顽皮，想要爬出箱子，瞅瞅箱外的世界了。箱外，除了猫儿们，还有狗。这两种强大的物种渗透到人类世界由来已久，与人类互相依靠。因为猫总是自带着灵异孤僻的高冷，反而让极具人间烟火味的狗，更讨人喜欢。

世间太平，狗儿们看家护院的本领逐渐衰减，作为宠物，它们洗得雪白，身子套进小洋装，小爪子塞在小靴子里，顶着硕大的蓬松的脑袋，走在大街上，引人侧目。刚开始，狗儿们是反感主人这样对待它们的，以撕咬来应对这一切。但面对人类强大的轴劲，狗儿们顺从了。从此，满大街都是这样打扮的狗，某一天，突然看到一只没穿衣服的流浪狗，倒有些不习惯了，总觉得是它在裸奔。

搬到野外之后，我们管控的空间变大，除了人为安全技术手段，必须得依靠狗朋友了。所幸，是在野外，新来的两只"黑背"狼犬，并不需要穿衣服扮萌讨喜，待茸毛褪去，新长出来的皮毛形势大好，呈水亮一色，油光可鉴，四肢日益敦厚粗壮，变得稳健有力，站在四野茫茫的荒野里，威风凛凛，霸气冲天，足以震魂摄魄。

它们的名字：亨特和南博，听起来响亮洋气。但都还未满周岁，淘气顽皮是难免的，偶尔的放风，成了它们疯张冒失，四处撒野的好机会。特别是亨特，刚来那会儿，才两个月大，虽然全身上下覆盖着一袭黑色胎毛，但却面无表情，目光炯炯，极具安静冷酷的气质。另外，它的两只耳朵一直像蝴蝶的翅膀似的在头顶扑扇着，三百六十度旋转翻飞，成熟稳重中又透着满满的机灵。但一到花园，它就把持不住自己了。花丛中鲜花盛开，它忙前忙后地扑蜂引蝶嗅弄花草，折腾半天。喜欢花花草草，倒也符合它性别的气质，本来就是一个女孩子嘛。好在它并不知道自己是个女孩子，不然它肯定不乐意有这么男性化的名字。

狗和猫，在逐渐按照人类的意志成长。人们虽然按照它们的习性照顾它们，但它们也有放弃自己本性的时候。当它们越接近人类，就与人类越像，但真不知道它们只是在模仿，还是在做着本真的改变。总是对它们一无所知。

但偶尔它们的世界会暴露一些蛛丝马迹出来：比如，院墙外，虬枝大树，在它的背面，停留过一只神秘的啄木鸟，我永远只听得尖尖的喙敲击树干时"空空空"的声音，却没有啄木鸟闯入我的视线。还有，太阳底下晒着的棉被上，赫然立着一只青绿色、半透明的小螳螂，当我这只庞然大物杵在它跟前时，逼得它警觉机敏，举起连齿轮都还没有长成形的柔弱小螳臂。我问过其他人，他们都说没有啊，没有听到，也没有看到。只有我，世界的另一面已经在向我悄悄倾斜了。

所以，后来狼出现了。是真正的野物。我觉得太不可思议了，赶忙跳下车，隔着一条公路，它昂首挺胸，朝我这边望过来，那是肃杀的藐视。凝视中的两三秒，煞气逼人，我顿感自己的渺小。之后，它仰着头，不再停留，晃动着大骨架、披着厚重的皮毛，向荒原深处走去。

接下来，是一条蛇。在众人的视线中，它一动不动。然后，它吐出黑黑的信子，黑白花纹相间的身体，开始游移，在细细的沙砾当中，它的身体看起来是那样的柔软又不堪一击。同为看客的邻居大哥，看到我有近距离为蛇拍照的勇气，就开始鼓励我，要我去逮住它的三寸之处。蛇就在眼前，可我不敢去捉住它，我连这点勇气都没有。但动物们呢，它们又何来闯入陌生世界的勇气呢？

鸟儿也闯进来了。黑压压的一大片，好像在听从谁的指挥似的，不断变化队形，左突右闪，降落起飞。这些都是麻雀，它们在三四月份青黄不接的时候，飞进了我们的花园。我赞叹它们的队列统一规整，团结一致胜于人类，所以整只队伍看起来精神焕发，蔚为壮观。它们一旦降落在花坛里，人们就过来驱赶，说，花坛里才撒了花种子，鸟儿们就是冲这个过来的。

也有落单的鸟儿。其中一只是雏鸟，身上黄色的茸毛都还没有脱落干净。它飞不起来了，躲在阴凉处瑟瑟发抖。我把它捉到我的手上，它吓得粪都拉出来了，这才是鸟儿对人类该有的反应。可接下来，它两只纤细的爪子却紧紧抓住了我的指头，不再放开，仿佛它找到了唯一的依靠。这么一想，我竟不自在起来，我自己都那样脆弱慌乱摇摆不定，又怎会有勇气对它的生命负责呢？

还有一只鸟儿，被透明的玻璃撞昏了，被救后醒来，小题大作，对着人一顿乱啄。这只鸟儿，有鹰那样锋利的爪子。但那又怎样，它们弄不懂玻璃明明是透明的，却为什么无法穿越，弄不懂自己曾经的家园，那些森林土地去了哪里。弄不懂曾经畅通无碍的飞翔，怎么就变得那样艰难了呢。它们的世界不断缩小，变得拥挤不堪。

我们的世界不断开始接纳它们，但并不一定是善意的。有一天，山上的树林里，传出了深深的哀鸣，整匹山都为之动容，一只麂子跌跌撞撞落了下来。人们捉到它的时候，它已经受到了很严重的伤害——它的腿被夹断了，只靠一层皮连着。这是一只成年麂子，和它所在的世界的所有麂子一样，葆有婴儿般清澈如初的眼神。它被捉住后，闪烁的大眼睛，写满了无助和悲哀。它洞悉人类的一切，知道自己的归途，不再做任何挣扎，眼神随之黯淡，不再有一点点星光。那个向我所倾斜的世界，瞬间倾塌。

小事

被遗忘的时光

他打架、去游戏厅、逃学、不做作业、编一个一个的谎话，他是彻头彻脑的"问题少年"，所有的家长都要自己的娃娃和他划清界限，所有的老师都拿他头痛，他的父亲只会在他身上打出一条一条深深的血印，他的母亲只会对着他嘤嘤啜泣，不过幸好他还有我，虽然平凡无能但或多或少能够给他一丝丝的温暖。

他是我生命中很重要的一个人。

他第一眼看到我，我便赤裸裸地光着小身体，真的是对他坦诚相待。可这阻挡不了我们的拳脚相加，真的像家常便饭一样，不管是打人或者是挨打，我都会嗷嗷地叫。那一次他的眼光里闪烁着仇恨，是真的想置对方于死地的那种，在母亲的瑟瑟发抖之中才放下手中拎着的菜刀。这和我天生是个"牙尖婆"有关，一旦有他的把柄迫不及待地就去告状了，他经常恶狠狠地看着我，仿佛随时可以吃了我。六七岁之前，人送外号"酥油茶罐子"的我占上风，那之后，我的身高仿佛驻足不前，身体也开始向豆芽苗子发展，我常常仰望着他，惊讶于他"噌噌"日上的个头，并且经常得承受暴风雨的洗礼，但我仍旧一副"赶鸭子上架——嘴硬"的态度，或许我们生下来就互为天敌。

我是墨守成规的，连交朋友也是，每个阶段往往就固定和那么一两个人来往。而他的身边一直都有人在，或好或坏，或许是他的难兄难弟，或许是和他风马牛不相及的那种优秀学生。我经常在监视他，我看到他穿着大大的手织毛衣，顶着寸寸的短发，猴子似的身躯在一群人里跳来窜去。在他面前，我有些小小的骄傲，他唯一被我仰望的东西就是他的头脑。他的脑瓜那么小，但装着无数的新奇的想法，那些被大人说成是痴心妄想的东西。我正在绞尽脑汁用别的词来代替"大"的时候，他已经可以用"浩浩荡荡"来形容觅食的蚂蚁的队伍了。在那段很斑驳的记忆中，他的这篇小作文，好像是上了报纸，或许又是我自己对他头脑的神化。总之，很了不起，我只有羡慕嫉妒恨的份儿。后来我有"豆腐块儿"发表了，他从来不去看，他说，你的这个很枯燥，睡觉比这个重要，但同时又会和他的朋友谈论起我写的那些细节，我总是告诉他，我要靠写作来赚多少多少钱，他又劝我这样我迟早饿死。

他撒的谎也是，像夏天风拂面吹过的那么美好。他逃学，抓住一切可以利用的机会玩儿。趁去水井子提水的时机一去不复返。千辛万苦之下，人被找回来了，据说一个小小的身躯躲在垃圾桶里。夜幕已经降临，他早已经变成一个小泥孩儿，只有黑漆漆的眸子闪着光亮。月亮升上天空时，客厅里开始例行的审判，他很淡定："我去水井子，正准备提水就看到一个圆球，五颜六色的，我一下就晕乎乎的，我趴在那个圆球上，我飘啊飘，我都不晓得哪儿去了。"对于七八岁的我来说，信以为真了，这是多么美好的事啊，我也想遇到那个圆球，并且幻想着自己能像《天空之城》里的小女孩那样拥有一块有神奇魔力的宝石让自己飘浮在天空中。随之而来的，是恨铁不成钢的皮带，一鞭又一鞭。烙过的地方，鼓起一条条紫色的印子。他嗷嗷地叫着求饶，长辈们仿佛没有听见，沉浸在自己的权威之中，梦呓般地重复着自己千万遍的话语，仿佛又在自问自答般。我在毫不设防的梦境中醒来，寝室和他受刑的地方只一面木墙之隔，我可以做什么吗，躲在被窝里，小心翼翼地抽泣。那样的情形仿佛默片一样，一遍一遍从我的脑海里放映到对面那空荡荡的墙上，这是我的软肋，让我无处可逃。在那个不能怀疑大人说的话的时代，我们仿佛苟且偷生。佛教里说，生命即是苦难。在他的身上，我经常看到这样的苦难，是上辈子做的苦果吗？或许我们都是在这片苦难中漫漫修行吧。我很想跳过这一段段相关的记忆，因为一旦停留下来，我都能感觉到自己除了伤心还有坠入深渊般的无助。对于长辈们这样的做法，我时常耿耿于怀，长大后会和他们因此在言语上发生激烈的冲突。直到我也成为母亲之后，我从心里开始慢慢地释怀，我们所想的苦难，远远不是那么简单的，每一代人都有每一代人难以言诉的苦衷。

我们的童年不是一直阴霾天气，因为康定的上空，总是湛蓝湛蓝的，生活里因为有了这个伴儿，过得还是很舒畅的。我们会去看大礼堂搭台子的藏戏演出；去爬跑马山，做作地头挨着头留影；去报社偷铅字印；手牵着手一起穿大街走小巷地溜达；去图书馆看书。

我们乐此不疲。

他也做男孩子做的事，时常被母亲从台球室和游戏厅拎出来。西巷子门口的台球两毛钱一盘，谁输谁付钱，他从来没有零花钱在身上，但每次都有台球打；游戏厅魂斗罗那款游戏，总有人叫他帮忙过关，结果他一接过游戏手柄就放不下来了，一口气打到通关，他的背后总是围满了人群。

但这些终究是不入流并且不务正业的。

再望向过去的日子，那时的我们都已经被时间拉长。我和他的生活开始没有什么交集，他仍旧特立独行，寸寸的短发一直没有变，脸上手上还是沾有一坨一坨的蓝墨水。即将小学毕业的他脸上挂着近视眼镜，一副稚气未脱的样子。杵在我的面前时，仍旧装作一副少年老成样。

我看着他的小学毕业照，一脸天真无邪的笑容。这年的暑假他总是痴痴呆呆地捧着书，坐在院子头的板凳上面，或大笑，或面无表情，有时候又像在研究什么，认真得脑壳都要钻到书里去了。那一年，来了好多千奇百怪的杂技团，在街边或大礼堂杂耍讨生活。其中有一个男人，在正午阳光正强的高原，他穿着一条藏青色的裤子，油渍补丁不计其数，脱光了上身所有的衣服，运了气赤裸裸地躺在一大堆玻璃碴上面，在强烈的日光下，他痛苦地闭着眼睛，嘴角微微地抽搐着，我眼见着有一块一块的玻璃碴刺进他的身体，大家心安理得地看着，就像看一只哈巴狗似的，却没有一个人给钱。过了一会儿光景，人们觉得没什么新鲜的，便开始慢慢退去，那个男人大吼一声，跳起来，又马上站定。这一举动震慑了不少准备离去的群众，大家纷纷又围观上来。他拿起橘红橘红的药水，在左手手腕上涂满，拿着一把刀生生地插了下去。人群哄的一声开始惊退，在人群中我看到了他，除了恐惧以外，还有一丝哀怜，整个舞台，只剩下一束光，那是我的眼神，一直停留在他身上。他默默地注视着那个男人，他的眼神软软的，是那么陌生、孤独，还有少年们所特有的迷惘。

我也开始学着他的样子，看他看过的书，可我永远不会像他那样如堂·吉诃德附身般投入，我只是为了看书而看书。

我总是不愿意回忆我的初中生涯，那是一段不着边际的黑暗，仿佛日子永远停留在拂晓的那段蒙沌状态，我拼命地在路上摸索，但却不知道最终会得到什么。

他被勒令退学了。

我分身乏术，来不及关心他，我自己的学业已经让我应付不来了。他待在家里，没有伤心的样子，成天还是扎在书堆里。母亲摇头叹息，说着说着又成了一个泪人，父亲天天黑着脸，时不时地拿他练练手。整个家被一种莫名的黯淡笼罩着。我仍旧是躲在被子里偷偷哭泣，有时候哭累了又睡了，他还在挨打，我又哭着哭着睡着了。

除去他自身的过错外，对于退学这一做法，我不愿去评判学校以及老师对于一个孩子的做法是多么的简单和粗暴。从此，他不在人群里活蹦乱跳，父亲打他，他可以一鞭一鞭坚定地受着，没有哀号和泪水，脸上透露出来的是视死如归的那种凛然。

他只跟我说话，他会因为一只死去的小鸟哭泣，他埋葬小鸟的时候，也埋葬了他一些美好的梦想。他时不时地弄些小动物回来给我养，小鸡、刺猬、豚鼠。养得最久的是一只狮子狗，这时他早已经众叛亲离，我在遥远的省城读书，他抱着狗一遍又一遍地抚摸，眼神迷离而又散漫，每个人都不确定自己要做什么，而他更不确定。

我总是很担心他，时不时地给他打打传呼。他总是会很及时地回电话，说的都是一切都会好起来的话。他仍旧在社会上混着，我毕业之后，辗转了几年，最终还是回了家。他几乎没有钱傍身，身上的行头却一天一个样，都是些便宜货，看上去怪里怪气的。

母亲因为我们慢慢的成长也放心了不少，只是父亲和他之间的关系总是剑拔弩张。他俩总是谈不到一块儿。我们都能感觉到空气中冷冷的关系。所以他不经常在家。

那年约好了和几个朋友要去丽江游玩一趟，头晚上一个通宵没有见他人影。再见到他时，已是第二天晚上。胡乱套着一件夹克，一条牛仔裤，板鞋。头上顶着一窝乱糟糟的头发，是该剪剪了，深陷的双颊。他甩手给了我一个信封，有一沓不厚的钞票在里面，他看着我一脸担心的样子说："这个是我打游戏赚来的钱。"他高兴的脸上浮现着极其少见的自信又关门出去了。我伏在床上，在暗暗的夜色中流了一夜的泪。

过几年，我结婚。他那个寸寸的板发时代也一去不复返了。早上他穿了笔挺的西装，顶着一窝乱发去送亲。晚上又笑眯眯地露着黑牙齿在人群中张罗。我看着他的牙齿就忍不住给他说："你少喝点可乐，牙齿都有洞了。"他定了定，看着我，有些哥哥的样子了，他学着那些长辈的样子，在我脑壳上抓了两把，动情地说："你都要结婚了，我咋个觉得你还是小女娃娃啦。"听完，我的眼泪不争气地在眼睛里打着转。他终于还是长大了，看着父母双双老去，我发觉他将成为我生命中为数不多可以依靠的人。

现在的他，有了一份还算安定的工作。他也可以计划计划自己从来不敢想的将来了，于是总有朋友关心他有没有对象之类的话题，我总说他很懒惰、散漫，又不爱卫生，可能找不到合适的了。别人就问那你有没有和他谈过这个问题。我摇头摇得像拨浪鼓似的，我和他的谈话？有过吗？我一个人睁着眼睛望着黑暗想起这个人，认真地想想这个跟我从来没有正经八百谈过话的人，对我，原来也有那么多重要的意义。

借过北京

夏至已过，康定还沉浸在绵绵不断的雨中，山坡上一片片绿得发亮的树丛高高耸立，我尖起耳朵想要从那里寻找一丝丝蛰伏了很久的夏日气息的蝉鸣，却听到哗啦啦的山风呼啸而过。从北京回来后的每个雷声轰轰的夜里，我拥着女儿柔嫩的身体，盖着厚厚的被子踏实入睡。在这些电闪雷鸣的夜晚，有时我会忽然醒来，快速倒带，想起北京火辣辣的太阳、宽阔的大街、古老的红墙青瓦、纷繁复杂的人群，以及各种各样的窃窃交谈，随着时间的流逝一切都在渐行渐远，和我道别。于是，我想要努力记录下来，因为所有发生过的事情都会过去，记忆会慢慢变得不真实，最后只剩下两眼空洞白茫茫的现实。脑海里放置的那些清清浅浅的美好，不过是每一个稀松平常的瞬间，或是人生中某一段新的旅途，因为它被搁置在北京城那样现代气息和历史尘埃交织的庞大背景之下，才让它变得有一些不一样了。

我所居住的地方，是地处青藏高原东南缘海拔 2600 多米的狭窄康定。在这样的小城镇，我过着这样的生活：计划每年一次的旅游，在经济条件允许的情况下安安心心地工作，以不太高的热情准备每天的饭菜，虽然味道不太可口。我这样按部就班地过日子，早年的一些小野心在萌芽阶段就被这样的生活浸润，慢慢腐烂。我不太满意现在的生活，却又安于现状。

　　虽然半年前就开始准备此次北京之行,但在接到确切出差通知的那一刻,我仍旧在内心进行了激烈的挣扎。我那和谐而又平凡的好日子,似乎在这一刻暂时被打住。我站在康定清晨冷冽的街头,各种不情愿地踏上了前往京城的路,经过汽车、飞机一路跋涉后,我们随风潜入北京的夜,已是深夜十二点。坐上大巴,夜风在耳边呼啸而过,透过车窗看到一排排孤零零的灯,高高耸立在宽阔马路的两边,各自在努力散发着昏暗的光。路的两旁是高大的建筑物林林立立,在这样的夜的笼罩下,低眼顺眉,孤独地想给每一个过路的人一个拥抱。天边那些高高低低的阴影处,时而泛出一片片柔和而又温暖的光晕来。这样安静的北京的夜,有一种不为人知的温柔扑面而来。

　　在我们前往下榻宾馆的路上,除了那些见过世面闯荡过五湖四海的演员,还在小声哼唱外,那些"日出而作,日落而息"的手工艺人早已伴着此起彼伏的鼾声进入梦乡。作为展览组的成员,接下来在北京停留的日子,我都将和这一批养在深闺人未识的号称国家级、省级非物质文化传承人度过一段未知的时光。这些原本不怎么出门的老实人,顶着这样的称号,在全国各大文化活动上认认真真地展示自己生活中最本真的一面,他们从来没有想到过在遥远的家乡他们赖以为生的生活方式会引来如此众多的瞩目。大城市的人们,拿着相机逼近脸部拍照,从他们的穿着到相貌发出啧啧赞叹,他们听不懂汉话,均报以宽容而真诚的微笑。从康定到北京的路上,因为语言不通的关系,我们几乎不怎么交流,偶尔用手势比划比划,也心领神会,就这样我自然而然地就和他们融合在了一起,无比安心。在机场,他们认真配合安检,从身上脱下长长的藏袍,取下一件一件繁复的饰品,解下腰间扎了一层又一层的腰包,神情笃定而又淡然,从不管有人投来异样的眼光。他们之间的交流总是轻言细语，远离大城市那些极度渴求诉说的欲望和烦躁。在检票大厅自由散漫的人群中，远远地，我一眼就能轻易地找到他们，他们总是三三两两默默静候。这些散落在青藏高原东南缘更高处的人，面对着精彩的花花世界宠辱不惊。

在遥远的路途中，我和德格的一位用牛羊毛编织各种生活用品的孃孃形成了一种惺惺相惜的默契。我们在飞机上的位子是相邻的，在三万英尺的高空我枕着她身上散发出来的酥油味酣然入睡。而她慢慢从对于飞机的各种好奇中平静下来后，试着戴上耳机，也沉沉睡去（后来才知道她听的是英语歌曲）。我猜想这一觉她一定睡得好熟，或许都忘记了自己身在何处。第二天，我们见面，我笑着招手跟她很熟稔地打招呼，她见到我，高兴地笑一笑，顺手就过来拍拍我的屁股。这一举动，让我稍稍一愣，平常的我总是刻意和人保持一定的距离，不和别人有身体上的亲密接触。但这轻轻的一拍，让我感觉到多么熟悉而又亲切。在平常那些不紧不慢的小日子里，我和女儿之间总有这样亲密的小动作。我忽然察觉出她对我无法言表的喜欢，我们之间的感情就这样骤然升温。

开展以后，我们都各自在自己的岗位上不遗余力地向这个敞开怀抱的城市展示着自己家乡最有魅力的一面，大家各自沉浸在辛苦劳动所带来的满足感中。我时常从我负责的展厅溜过去探望他们，看着他们始终保持着一个姿势忙碌地做着手上的活路，神情专注而又认真，展厅内的各种布景恰到好处地与之吻合，我蹲在那里感觉他们又回到了自己亲切可爱的家乡，在那个熟悉而又温暖的藏房里，日复一日年复一年地工作。我一直回味那种感觉，直到走出展厅，面对着这条十里长街的那一排排高楼大厦时，瞬间才恍然，我们早已远离家乡数千里，站在皇城根脚下。

所有来参观的人总喜欢说他们是艺术家，他们总是摇摇头不太听得懂，并报之以歉意的微笑。他们身后那一排排天然生就的艺术品，从他们手里诞生时显得那么自然而然。吸引了大批大批的观众，这些智慧的结晶，备受人们吹捧喜爱，而他们身处其中，却浑然不觉。从稻城县阿西村来的格里，是一个六十岁的老头儿，因为生病身体显得过于清瘦了点，他的五官立体端正，精神矍铄。他早已参加过各种类似的活动，巨大的海报逆光拍摄而成。在光影交织中，更加突显出他英俊的面庞，高高地挂在最显眼的位置。他总是默默地坐在一束灯光下，安静地用从他的家乡带过来的泥土捏制着器形各异的生活用具。我喜欢悄悄地走近他，感受宁静祥和的气场。有一天他对我说："天安门，去了嘛。"眼神中闪烁着小小的兴奋。我突然有些感动，连汉字都不认识的他们，总是被工作人员嘱咐一个人不要乱跑，而他们也总是乖乖应承。在这样文化高度发达的地方，他们不懂汉语，不认识汉字，几乎是寸步难行，然而竟是什么支持着他们产生了如此巨大的勇气，在偌大的北京，他们一路走着，寻着方向，终于看到了在电视里才见过的天安门。

而我，仰仗自己喝过的二两墨水和认识的一些方块字，在结束工作后，想方设法来回穿梭于北京四通八达的地铁之间。我抽着空尽量去感受北京的每一个日升日落。我陷入我的某些小情调：我和我的小伙伴，爬上景山，看浩浩皇城千年历史。即使是在云雾缭绕的半遮半闭之中，依旧被感动得一塌糊涂。我们在故宫潮水般涌动的人群中，马不停蹄地跟着导游穿过一条条回廊，透过玻璃上岁月的尘埃远远观望着皇室贵胄们曾经的一度繁华、一度沧桑。我们靠着"度娘"的神通广大，轻车熟路地在华灯初上的夜晚，穿过一条又一条孤零零的胡同，在后海的某一酒吧轻酌浅尝，听酒吧里的歌手唱一个又一个与自己无关的故事。在南锣鼓巷那些明亮的落地窗前我满眼都装不下那些茂盛的植物的绿意，在西单商场我们酣畅地对哈根达斯纯正的香甜大快朵颐。我们卷着舌头，慢吞吞地表达自己的思想，偶尔"川普"外泄时我们显得有那么一丝慌张。我们仿佛轻而易举就融入了这里平凡的生活中，然而北京的宽广和深厚岂是我这样匆匆的无知过客能了解的。他始终以一个开放者的姿态，吸收容纳各种梦的可能性，北京的城随着人口的增长在不断地向外扩张，人们都想留在这龙脉之上，即使怀揣着的未来早已支离破碎。

从地铁站出来，我爬上了高高的天桥，我站在那儿望着缓缓落下的鸭蛋黄似的太阳，天边红霞早已铺满天空，映衬着蓝蓝的天空显得格外漂亮。夕阳夕下的北京，这样灿烂而又美好。可是身边却没有人驻足欣赏，在车水马龙的街头，这一拨人群被那一拨人群慢慢侵吞着。

我想象着在这样的街头，晚霞披肩的年过半百的这几位老艺人，走在去往天安门的路上，从来没有流露出过我们内心的慌张。他们目光坚定，脚步轻巧，即使找不到路肯定也不会觉得自己是在流浪。在活动结束后，他们最终都会被安全带回各自的家乡。听说格里叔叔回到康定时做了一次身体检查，我猜测：北京再好，也比不上自己亲切熟悉的家乡。我不知道他们会不会回到家乡后就又投入到忘我的生产生活中，或许在某个烈日炎炎的下午会偶尔想起北京干燥的天气。而我一直没有机会认真走进过他们任何一人的内心，连这一些简单的想法都只能靠自己凭空的猜测。只是从他们身上我看到了，在这样的滚滚红尘，繁华总是其他人的，他们从不沾身。

松格嘛呢石经城和巴格嘛呢石经墙的故事

一

远方来的客人，请拴好您的马匹，卸下您的行囊，在这样漫长而没有星星的冬夜里，雪花已经爬上了您的长袍。您的马儿也累了，我们在呼呼的风声中，早已听到了它焦灼的鸣叫。我们望向窗外，却看不到你，夜的浓重已经将你包围。打开大门，只看到您孤单的影子，牵着马站着，站在门敞开的那一束光中，疲惫不堪。

我们做好了一切准备迎接您，这时火盆里刚架好的炭火才燃烧得正旺。您进屋，神情紧张，挟带着夜的刺骨阴凉，火光也为之黯淡下去。我们迅速闩上门，寒冷被抵挡在了门外，木头窗户被大风摇得"嘎吱"作响。回过头来，炭火忽上忽下开始闪着火苗，温暖迅速将整间屋子包围，我们的脸都被火光照得透亮。这是多么寒冷的夜，没有人急着赶路，您也是。此时此刻，再没有比这碗里滚烫的清茶、这满含酥油香甜可口的糌粑更能熨帖人心的了。

火盆上的茶壶里，清茶被熬得"扑哧"作响，小瓷盆也静静地依偎在火边，酥油在小瓷盆里扑腾，随着温度的不断上升开始"嗞嗞"融化。我们洗净了双手，倒进糌粑，香味在空气中跳跃。

我们把糌粑和酥油混合，揉捏成一团一团，递给您，您开始小口小口地吃着糌粑，能听到牙齿碰触到糌粑里未化掉的白糖时的嚓嚓声；您在大口大口呷着茶，茶水漫过牙齿、包围住舌头，顺着喉管往下吞咽。经过一系列的微小碰撞，食物开始向体内传递温度，这些温度浸过每一个神经每一个血管，输送到身体的每一个末端，您的鼻子上密密实实地布满了一层汗，您的细胞开始在体内慢慢地舒展涌动。

二

我们再次给您斟满茶，您双手合十以示谢意，您说您将要去一个远方，那是您曾在梦里去过的一个地方，那个叫做扎溪卡的草原，那儿有一座嘛呢石堆成的"长城"，还有一座嘛呢石砌成的"城堡"。您不顾一切地顺着梦境的指示想要去到那里，每走一路就会抛弃无数霓虹闪烁的城市和炊烟袅袅的村庄。您脚步匆匆，从平原走到了盆地，这样绵长无望的长途跋涉，让您突然有些迷茫，最后您来到了这里，高原的最低处，仿佛触到了与梦中若有若无相似的气息。说到这儿时，您褪掉了身上的长袍，长长地舒了一口气，融入到周围漫无边际的闲适交错的空气中。

远方来的客人，您要去的远方与这里相去千里，若沿着雅砻江逆流而上，时机合适，那些山谷里的小花小草开得正繁茂，它们只是藏在山涧或溪谷悄悄地绽放。如同这里的每一座大山、每一场日出日落，每一个月升月降，每一片繁华星空，它们日复一日年复一年，藏在这样的深山老林里，独自灿烂。这一路，或许您会为这些美妙的景色惊叹短暂驻足，但您仍旧深深陷入那个神秘的梦境不能自拔，没有因为什么而停下自己的脚步。

雅砻江，她自巴颜喀拉山南麓由上至下，源源不断。她经青海进入四川境内时，才被称为"雅砻江"。她一直在这里默默地流淌，就像一位母亲般，不遗余力地滋养着这里的每一寸土地。可是这块土地广袤无垠，干涸得太久了，无法像其他草原一样肥美滋润、水草丰盛，但她仍旧承载着人与动物的各种希望。

这里叫做扎溪卡，意思是雅砻江流域的部落，也被人们称为"太阳部落"。您梦中的"长城"和"城堡"便诞生在这片空旷的土地上。这里是距离天边最近，却又是最遥远的存在，她的存在是如此的悄无声息，和世间我们不知道的任何隐秘的存在是那样相似。生命的河流早已在这里生生不息，那些顽强的生命，在这里劳作、繁衍、生息，百年如一日，那样自然而然。有一天，外来人的视界，掀开那一扇隐秘的窗帘，开始了他们无法停止的探索，当他们脚步企之时，他们会发现这样一块原始的土地，居然存在着这样的伟大。

三

当您启程，您坚实的大脚即将踏上这片厚实的土地，什么都阻止不了您。您带着您的梦，轻巧地越过连绵不断的山脉，涉入浅吟轻唱的河流。您的身影将会出现在山口、乡间、每一堆嘛呢石旁，那将是一场又一场的告别。您站在风中回望，那里依旧经幡飘飘，哈达摇曳。您开始慢慢习惯，这一路虔诚的人们沿着这些嘛呢石堆，口中念念有词，他们在这里寄托自己最最朴实的向往和美好的祈愿。

而在那个最为遥远的地方，那座"长城"，隐匿于横断山脉的深处，那片最平坦的草原里，被我们称为"巴格嘛呢石经墙"，逶迤盘旋着，一直伸向最远处。他以包容世间万物的姿态，在这里等候每一位或熟悉或陌生的面孔，那些脆弱的灵魂，无不为之倾倒，匍匐在地。而他，无论你华袍着身还是衣衫褴褛，永远这样静默，三个世纪过去了。

在三百多年前，那片美丽的天空下，第一世巴格喇嘛桑美彭措来到这里，他用最笨拙的方式从很远的地方带来了刻满了经文的嘛呢石，在扎加庞秀神山脚下，他虔诚而慎重地将它们堆起，或许连他自己也没有想到，这样的举动会筑起"长城"最牢固的基脚。无数个斗转星移，人们沿着巴格喇嘛的轨迹，怀着无比敬畏的心情，在石板上勾勾画画、敲敲打打，这些石板注定有了不一样的灵魂，日复一日，年复一年，不停地累积、添加、堆砌，这座墙也呈现出了自己的模样。

时至今日，这些数以亿计的大大小小的嘛呢石块，坚固地融为一体，横亘在这里，由远及近，他出现在您的面前，像是轰然经过您的生命。您的血液在血管里奔突，脉搏在皮肤下砰砰跳动，您的思想清明而有力量，想象自己如这草地上任何一朵花、一棵草一样渺小。远处的牦牛，一群一群，拖动着它们庞大的身躯，从这个山坡开始向那个山坡缓缓移动，伴随着牛铃声叮叮当当，从远远的地方传过来，似有似无。头顶上蓝蓝的天空，不断有云朵飘过。您好似又做了一场梦一样，漫长绵密。

其实他仍旧宁静祥和，您沿着这道城墙，小心翼翼地迈出第一步，仿佛才学会走路的孩子，踏出开启人生的第一步。您的眼神，攀附在每一片嘛呢石上，沿着那些百转千回的纹路，不动声色地想要将它们一一刻进自己的心里。

四

我们无从解释，就如人类进化到今天，每一个细胞、每一个组织都经历了怎样精密的计算，才构成我们现在的模样。这座"城堡"也是，它的内部盘根错节，不知道对于堆砌这样一座城堡是经过了精密推算，还是信手拈来。这样密密麻麻的嘛呢石，垒积在此千年之久，却从未倒塌过。

每每想起这座城堡——巴格嘛呢石经城，他被放置于空旷的原野中。在巨大的光影之下，经幡飘摇，像一艘装满了秘密的航船，抛下沉重的锚，搁浅在这里。无论是莺飞草长的季节，还是满天雪花的天气；无论是充满了朝圣者的白日，还是连星星都看不到的夜晚。他总是孤独的，肃穆庄严。

不知不觉他被披上一层神秘的面纱，而您也总是会被他这样的气质所吸引。只是地面上那个庞大的身躯还不足以讲述一个完整的石经城的故事，他将自己的前世今生一直延伸到了地底下。到现在，城内所呈现给人们的是一条条嘛呢石经墙拼凑出来的过道，人们进到城内可以看到神话般的英雄人物格萨尔王和他的三十员大将。或许，墙内盘根错节通道，在悄悄地移动改变，某个不为人知的地方有一条通往地下的通道。

如今，我们只能从他身上留下的那些蛛丝马迹拼凑出这样一个故事，传说英雄格萨尔王的军队曾在这一带与敌人的军队发生过一场大的战争，许多士兵在战斗中阵亡。为给战死疆场的士兵超度亡灵，将士们在这里垒起了一个嘛呢堆。后来的人为了缅怀格萨尔王的功绩纷纷来此朝觐，嘛呢堆越来越大，最终形成了一座城。

历史的恢弘浩浩荡荡叩击着您的心脏，那些金戈铁马的岁月；那些悄然地经过，嘛呢石堆在逐渐增长；那些站立着双手在胸口合十；那些匍匐磕着长头的时光；就这样从他身边悠悠划过，一直可以回响上千年的历史。远方寺庙吹动起了蟒号，跨越时空，将时间深处的那些时光传向这方，您停留在这样的感动中，穿梭于那样一段记忆里，静默地如同这座城一样。

而现在，时间的脚步仍旧没有一刻停息，这座城与墙伫立在这茫茫荒野里，继续书写他们各自的故事。

洗澡二三事

我们这里，温泉丰富，一口口泉眼随意散落在近郊的山坳里。很早以前，人们借着地势，圈起了那些口子里汩汩流出的泉水，形成了一汪汪碧池。在树荫的掩映下，成为附近的村民大大方方的洗澡之地。可惜，我没有机会亲眼见到这样的"天体浴"。只有在黑白画册上，看到那些盘着头发的妇女，露着身体和森森白牙，硕大的乳房一直耷拉到肚皮上，一副轻松愉快而又羞怯的样子。

一直到我小的时候，这样的地方仍旧有所保留，一块块表面圆润光滑的石头，踏实地嵌在池底。我曾经去过折多山上一个叫折多塘的地方，伴着青山流水蓝天鸟鸣，大家围池而坐，表情轻松，他们落落大方地挽起裤脚，自然而然地脱掉袜子，将脚丫子泡进水中。但若换成，相视着褪去身上一件件的衣物，直到一丝不挂，不知道大家还能不能做到这样的坦荡荡。

至少，我是做不到的。在我的印象里，洗澡应该是件隐秘的事。

十五六岁时，还没有学会大大方方地面对青春。我去成都读书，在学校的公共浴室里，迎来了各色的身体。无论胖瘦美丑，大城市里的女孩似乎能够以更加坦诚的态度面对，并接纳自己的身体。水从龙头里盈盈而出，喷溅在那样年轻美好的身体上，灿然流动，莹莹泛光。水经过身体，一片一片铺洒开来，像画一样美妙动人。而我面对自己的身体，那样平凡的身体，总是遮遮掩掩，总是黯淡无光。

小的时候，若被告知要去洗澡，那是最高兴不过的了。天擦黑，大人们欣然忙碌着，收拾着换洗衣物。孩子们被牵成一串，叽叽喳喳地拥挤在汽车的尾厢里，兴高采烈。在我看来，那个叫做"二道桥"的地方，雅拉河沟的深处，实在遥远。特别是当汽车摇摇晃晃启动起来的时候，我忍住胃里的翻腾，立即变成车厢里最为沉默的小孩。

没有路灯，行走在浓重的黑暗里，什么也看不见。仿佛汽车在翻山越岭，抑或早已脱离行走的轨道，孤零零地亮着车灯，飘浮在浩浩的宇宙之中。时间漫无边际，或者永远停止。

很久以后，远处的浓稠里，一幢汉式斗拱建筑，若隐若现。在我的意识若即若离之时，它就像深深地镶嵌在那儿的空气里，泛着昏黄的光晕，还散发着一股不可思议的硫黄味。我们朝着灯光的方向走去，大门愈见清晰，大人们跨过门槛鱼贯而入，小孩子们在脚下牵牵绊绊地跑着。

大人们争抢着买了牌子，便坐在大厅里等着叫号。大厅在进门的左边，里面嘈杂不堪，骂孩子的、打毛衣的、嗑瓜子的、打扑克的，没有闲着的时候。女人们找了位置坐下来，从包里翻出橘子、糖果等一色零食。剥了果皮，一把一把拉过跑进跑出的孩子，时不时地塞上一块。男人们则点上香烟，吞云吐雾地开始谈论一些严肃的话题。

而门的右边，由走廊连接着的，那一扇一扇房门的里面，是我们此行的目的地。推开房门，热气腾腾，整间屋子都被蒸汽笼罩着，温泉水池占据了大半的江山。我们买到的两个堂子："民"

字和"族"字，上一轮已经进去四十分钟了，五分钟之前服务员已经去敲门提醒过了。五分钟之后，它将迎来新的一批客人。

泉水从地底源源不断地流出，扑哧扑哧的像煮沸了的开水。过道逼仄，我几乎是贴着墙壁进去的，生怕穿着衣服，就掉进那一汪不清不楚的液体中。安全渡过后，我们迫不及待，全部没入水池当中。狭窄的岸边，长条木椅上堆满了我们的衣物。我们似乎从来没有怀疑过，上一拨客人身上的污垢，是否还卡在了池底看不清样子的石头缝隙中间，被我们不经意搅动而起，锲而不舍地粘在了我们的身上。我踩在一块长久被泉水侵蚀的石头上，脚下模糊黏腻。隔壁有斥骂小孩的声音，也有飘忽不定的歌声，在门缝里、墙壁的罅隙里涌动、路过，顺着角落里不显眼的出水口，幽幽地向外吐纳，飘进更深处的黑暗。天花板似乎很高，遥遥地挂着一盏灯，微弱泛着光，正用力穿透浓浓的雾气，洒下所剩无几的光亮，朦朦胧胧地照在一张张神情松弛的脸上。

这一切似乎都是远去的，模糊的。多年以后，我带着自己的孩子去二道桥。整幢房子刷过新漆，格局却一点没变，灯光昏暗，大厅走廊热闹如常，时间仿佛又回到昨天。

冬季，清亮寒冷。大山深处的褶皱中，山脚下蜷缩着我们那幢破旧柔软的小房子。我们围坐在火炉边，从窗口望向窗外，远远地看到太阳洒下光影，巨大静默而闪亮，从最高的山坡上，一寸一寸缓缓向我们房屋的方向移动过来。可是还没等这温暖的"羊皮袄子"披上我们的屋顶，阳光便一丝一丝微弱下去，最终消失在夜的浸润下，白天的光景实在太短暂了。这时，褪去了温热的大地，山风在峡谷里游荡，胁迫着包裹厚重的身体，温暖的气息变得若有若无，从身体里慢慢抽散而去，血液仿佛凝固在肢端末节不再流动。冬夜漫无边际，四肢冰凉。

　　我想说的是，这样的天气，实在太适合去澡堂泡上一泡了。除了二道桥以外，折多河上游，岸边的几处温泉也被开发出来，除了澡堂子还有泳池。泳池里，不管多冷，总有人在扑腾。而澡堂清一色都是宽敞明亮的房间，池子全由大块大块、整齐漂亮的瓷砖铺展而成，热水管挨着冷水管，有序排列。包着毛巾的木头塞子安然躺在池底——这是下水道的阀门，一旦开启，污水在咕咚声中，抽取得像被黑洞吸食一样干净。工作人员穿着雨靴在里面打扫，瓢泼墙面的污垢，然后冷热双管齐齐放水，等待着下一拨水分被抽空的身体。

　　满池子都清澈明亮，水波晃晃。因为寒冷而紧缩在一起的身体，从脚趾触到水面的那一刻开始，抽枝长芽，绿意缠绕。由脚底攀附于肌肤上的每一丝温暖，一寸一寸开始增加。身体沦陷，无所依附却不会害怕，世界在安静下来，身体在慢慢苏醒、洞开，恣意舒展，有一尾小鱼，在自由游动。有好长一阵子，身体不再是自己的了，任由它随着水波摆动，甚至能感觉到它的呼吸，像大地一样，一起一伏。门外的世界，还有喧嚣吗？是否一直在远离，远离……

　　从澡堂出来，情绪饱满，精力充沛。但却总是错过整点一趟的小巴士，只得走上很长一段路，才能搭到回程的公交车。这段凹凸不平的路上，有汽车颠簸而过，留下一路风尘；也能迎面碰到走路前来泡澡的人；还总有不认识的一同返程的人，一前一后地走着，各自想着自己的心事，默不作声。这些行走在山间小路上，最最平凡的身子啊，心是轻盈的，路就在脚下，可以通往世界的任何一个方向。

溯源康定

一

我和我的外公，在不同的年代同时年轻着，那时的我们青春芬芳，可以预见的仅仅是白纸一样的未来（或许让人觉得充满了一切可能），描黑或者画彩。

我们之间相去不知多少里。多少年以后，我就像一个被设定好时间寄出的包裹一样，会在外公出现又消失后的某个日子里悄悄发出，被我们之间亲密的联系——妈妈收到。然后命中注定地，他的一生和我的一生，不会有任何的交集，最终连远远的打个照面的机会也没有碰上。

我和外公在设置好了的不同的时空里交错，从一个时间旋涡划向另一个时间旋涡，我们从不会在同一个空间里相遇，而仅仅依靠着汩汩流动的血脉，以及惺惺相惜的情感，还有一串串令人不可思议的 DNA 编码。我和外公，没有一个眼神的交接，没有阅读过彼此的内心，却都笃定地选择了康定。

二

最初外公是被迫来到康定的，来的时候还有一些惶惶然。和他一起的遂宁老乡们，光景都差不多，背井离乡，无所依靠。其实那样的年代，哪儿都一样。战乱、饥荒，阴云密布，没有一处世外桃源。但康定这样一个西南边陲的小城镇，却因"茶马互市"，名噪一时。

家乡的青壮年们开始萌生出新的想法，大家悄悄聚在一起商量了很久，终于选定了一个宁静的夜晚，没有任何告别，借着夜的黑衣潜出村庄。这些七尺汉子，在最初走出的每一步里都要三回头，看着庞大阴影里的房屋、树木，内心汹涌澎湃。他们提醒自己要克制，最终在这一袭夜色的保护之下，迈开了不知是好还是坏的新生活的第一步。

一夜之间，这个内地潮湿温润的小村庄呈现出风烛残年的景象，低凹的山洼有风吹过，成片的竹林凋零蔽谢。青苔已经覆盖上了井口。庄稼荒芜，蒿草疯长。清晨日落，每天都有老人家在遥遥的村口久久地凝望。

而那些隐忍坚强的在路上的庄稼汉子，带着美好的憧憬，翻山越岭，日夜兼程。时间暂时定格在那个恒久远的年代里，一个地方与另一个地方之间的交通还没有织成庞大而便捷的网状，从内地到藏区靠着人背马驮，将横亘在其间的几座大山，走出一条条蜿蜒小道来。这些道路时而陡峭，时而平缓，缠绕在草丛山间，忽隐忽现。

三

外公就这么来到了康定，最初他看到的只是山头终年沉默的积雪，隐藏在连绵起伏的山脉的褶皱之中的一块极小的土地。穿城而过的两条大河沿着既定的方向交汇于一处，流向远方。河的两岸，并不宽阔，一座座木板青瓦房，屋檐挨着屋檐，毗邻错节，缓缓由低及高依山势而建，连成一片。

　　站在狭小的康定城中，这群衣衫褴褛脸青面黑的外来者，很自然地淹没在人群之中，也没有太多的窘迫，反正大家都这样：趿着草鞋，打着绑腿，一副副困苦潦倒的落魄样，随时准备着要出发。反倒是那些极少数穿着阔绰，脸蛋干净的人，显得极为突兀，穿梭在货物和他们之间。

　　康定的气候并不柔和，即使是初春的天气，也总是显现出咄咄逼人的寒意。外公衣衫单薄，瘦小的身体瑟瑟发抖，他透过人群看到的除了那一垛垛高高垒起的茶包外，还有那些蓬头乱发黑皮肤的本地人，穿着长长的袍子，光着膀子，肩上扛着牛、羊毛，被压得腿都不能直立起来，忙得满头大汗。还有被他们称为"蛮丫头儿"的女人们，个个出落得一溜儿的好水色，她们穿着干净利落，性格大胆豪放。"蛮丫头儿"们并不高傲，但遂宁过来的汉子们却不敢正眼瞅她们一眼。

　　日子在源源不断地过着，康定这一方小小的山水，迎来送往：陕甘的商人来了，外国的"大毛子"也来了，还有帽子上镶着闪闪红星的军队也来了。遥远的康定，藏在山坳里，远离了无情的战火的涤荡。这些远道而来的人，认真劳作，建立了这样那样的同乡会，"遂宁帮"的人们也在日子浸泡的岁月里，迎娶了一位又一位"蛮丫头儿"。

四

　　这是我仅能想到的外公初次踏上这片土地的情景，此时的外公只是一枚浮萍，再没有更多。至于外公这一生中的许多细节，经历的那些磨难，并没有人能为我娓娓道来，这些细节伴随着外公的去世也变成了永生的谜，它们和我的外公一起埋葬在了康定子耳坡上的那片闪闪发亮的小松林里。

接下来外公开始有了踏实日子，那是在他和外婆的孩子们一个接一个地诞生之后。我总是在停电的夜里听妈妈讲起他们的过往，在忽明忽暗的烛光下，那些黑白的岁月正在逐渐变得色彩斑斓，而外公的形象也跟着一个一个故事逐渐丰满起来。

在妈妈的讲述中，外公像一粒种子，伴随着风雨飘摇，随机地落到了一片土地上。他没有任何选择，只得深深陷进泥土里，靠着这片土地狠狠地长出扎实的根基来，然后发芽，长成一棵强壮的大树。他努力让自己身体里每一根茎都能够豁然通畅，以便让养分送达到每一个顶端的细枝末节。

外公的一生都在默默地努力，并不只是将家从山洞里搬进木板房里那样简单。眼看着日子开始蒸蒸日上了，没几年又开始闹饥荒，孩子们张着嘴巴看着锅里清汤寡水的米汤，嗷嗷直叫。外公每天早出晚归做着重体力活，却吃得很少。遥远的康定，毫无预警地也卷入一场一场的洪流中。"十年浩劫"，是一场炼狱，外公没有盲从。再苦的日子都过来了，还有什么好怕的。况且，现在的他有家，有家人。

据说外公提起自己的家乡只有那么寥寥数次，外公的这一生都在苦难中应接不暇，那么小就离开了故乡，故乡在他的心中早已模糊了。于是，他的家乡也成了一个谜，那些农家小院或许早已易主，又或许已经荒废，只留下空空的小屋，还有山涧的滴水在彻夜地回响。

五

在外公去世以后的很多年，我妈终于收到了我。

我甩着双脚就出来了，吓得所有人都默念"菩萨保佑"。直到凑上来的那张老脸眼泪纵横地说了一句"女子哦，你上辈子烧高香了"以后，我妈才累得呼呼睡去。之后的一切包括我，交给了迟到的医生。

我在童年里奔走，呼啦啦地来去。穿梭在康定的每一条小巷子里，还有康定那几条清清浅浅的街道。早上的街道特别热闹，倒痰盂的人，挑水的人，还有一些其他行色匆匆的人，络绎不绝。

我看到挑水的人，肩头上搭着扁担，扁担的两头压着水桶，一摇一摆，吱吱嘎嘎。人尽量使装满的水桶不再发出声响，但水滴总是在人自然的晃荡中一滴一滴洒落到街上。一拨又一拨挑着扁担的人过去了，然后街道像被清洗过一样，湿漉漉起来。

那家小小的卖三尖角儿（米包子）的铺子，煤砖炉子上的火旺旺的，上面放着铁制的方形模具，里面是被挖空了的三角形状，每一个三角形里已经浇注满了米糊，正扑哧作响，远远就闻到了甜甜香香的味道。

街上的铺面陆陆续续开张，大家将一格一格的门板按顺序拉出排在店内最不挡事的角落。国营杂货铺的售货员已经穿上工作服了，正在摆弄那个我最羡慕的用于打酱油的漏斗和度量器。这时的我已经规划好了自己的人生，读完小学以后，就去杂货铺做一名售货员。

可惜等我到了可以参加工作的年龄，这些杂货铺早就被拍死在一拨一拨的经济浪潮中。

<h1 style="text-align:center">六</h1>

小学毕业后，我并没有完成我的人生规划，甚至又读了计划之外的初中、中专。

中专毕业，我在成都漂泊着，为了维持生计，我在一家做汽车配件进出口的公司找了事儿做。公司不大，十一个人。表姐从康定那个小地方到成都这个大城市来看我，晚上就和我挤在只能放下一张弹簧床的阳台上。那个年纪还没有无限的感慨和无来由的唏嘘，只是觉得这样相处的时间不应该浪费在睡觉上，我们通宵达旦激动个没完。

第二天，舅舅来了，和表姐一起。公司大门打开的一刹那，闷热的办公室仿佛带来了一股康定特有的清爽，我看到了那张略显老态的脸，眼泪就要流下来了，脸盘子涨得通红。我呆呆地站在原地，表姐陪我站着，看着舅舅径直走进了最大的那个总的办公室。透过百叶窗帘，我看到他们在握手，舅舅神情是那么专注认真，仿佛在给这位大总托付我的终生。看不到大总多余的表情，只看到他嘴角牵强的一笑。然后，舅舅又走出来了，对着我交代了几句，我几乎都没有听清楚。只知道他们就要离开了，我赶紧跟在后面偷偷抹了一把眼泪，送他们至电梯口。电梯合上的那一瞬间，我的心情也跟着楼层的闪烁一层层跌到了谷底。他们就这么走了，我觉得自己像是被抛弃了一样，心里悬着，空空地吊着，对于家乡无限的牵挂，无处安放。

七

与外公比起来，风云变幻背景之下的小小的他仅靠自己独自支撑着他的家。而我，则是那么脆弱，不堪一击，甚至在几十年后，仍旧让他不得安宁，没有一处不需要仰仗他。

我笃定地想要回到康定，在成都车水马龙的街头，林立的高楼大厦之间，我总想起那块山坳里的地盘，在依山傍水的河畔，总有一扇小小的窗户为我点燃着一盏长明灯，等着我的归去，让我莫名地觉得心安。

在几十年前，康定接纳了那么多没有出处的人，而我，却与他有这样那样的种种渊源，我想他是不会轻易就抛下我的。我的舅舅秉承了外公的善良，在他的帮助下，我又回到了康定，虽然走的时候大总对我说："潘，人往高处走，水往低处流。"我觉得没错啊，康定的海拔相较于成都来说算得是高处吧。

许多年以后，我开始慢慢懂得那些熟悉的人和事总会向我道别，而跟我一样曾经风华正茂的人们也在渐渐老去。我回到了康定，回到了唯一的出处和归处。我想到过，很久以后，那些曾和我一同在大城市打拼过的人，他们的未来会有更多的出路，他们的生命可能也因此而波澜壮阔，忙碌而富足。但生命本来就是自由的，可以降落在世界的任何一个角落，或庞大或卑微地继续。而我，内心沉着，安然地享受生活在其中的这份宁静，我的一呼一息伴随着康定的温度，日趋漫长绵密。

通往山上的路

通往山上的路，危险而又隐秘。

因为，首先，我们必须得经过那幢黄灿灿的复古的建筑。这幢建筑总共六层，楼顶是很漂亮的斗拱，在太阳下面闪闪发光，而且每一层都会在外墙上挑出一些琉璃瓦搭建的屋檐，坐落在山脚下凹进山体的部分里，显得既稳当又庄严。

这是气派的机关大楼，就连笔直平整的水泥马路，也像是专门延伸到它的脚下。四周平平整整地建起围墙来，形成了机关大楼特有的院坝，就这样与外面相隔，自成一统。里面停满了各式黑得发亮的小汽车。那些拎着公文包的干部，一脸凛然之气，从这里进进出出。

记忆中那幢楼是被一个五官模糊的老头儿守着，一身正气，很有领导干部们的风范。我们出现在这里，像捅破了凝结在空气中的那层无形的防护罩。身体里那些躁动的因子，即使很小心，但仍旧从破裂的空气中一拥而入，在我们身体进入这个时空的同时，那些原有的沉静和稳重，也纷纷跟着动荡起来。

老头儿早已察觉到了异样，远远地就看到了我们，随手就抓起桌上的东西，摇晃起来，狠狠的，像是要打过来。仔细一看，才稍微安下心来，他手上拿的不过是报纸，或者是拉着长长的线的电话听筒而已。但我还是害怕他，就冲他对着我们咬牙切齿，骂骂咧咧的样子，我就怕。于是，只要他一扬起手来，我拔腿就跑，就像老鼠见了猫一样。

其实我们不过是从他那里路过而已，我们最终的目的，就像玩游戏通关一样，是要经过预设好的关卡，比如门卫室，到达后院，翻过院墙，最后找到那条被绿色植物覆盖着的，隐隐约约出没在我们脚下的那条通往山上每一个角落的山路而已。

在那些天空一碧如洗，空气透明，太阳直射的中午，我们越过重重关卡，顺着山路的走势，已经到了山腰上。全城美景尽收眼底，县城像被轻轻地覆盖在了蓝色穹庐之下，进入了它的蛰伏期，纹丝不动。我们躺在毛茸茸的草地上，享受这静止的一瞬间，世间在这一刹那，变得干净而又美好。

我们躺在地上，汗流浃背，静静地感受着大地脉搏的跳动。一切隐秘的事物正在这样的寂静中复苏，那些山间的植物、我们的汗腺，连着大地的呼吸、河流的奔涌，都在万物应有的规律之下，秘密地进行着。

而在路的尽头，疲倦干渴之后，那里有一口浸水井。它向每一种生物敞开怀抱，当它们往里面探望时，它们看到自己那双晶莹透亮的眼睛，莫名感动。

这口井被开凿在了这里，在离山坡田地坟茔很近的泥土里，它像一个入口，被赋予了什么，但又隐忍地不能让世人知道。

大山里，总是一条路连着另一条路。有很长的一段时间，我站在山的对面望向这座布满我们脚印的山路。不知道这些山体边沿的路径里，有没有一条能直达大山的腹心之地。谁都不曾借助这些飘浮在山间的纹路，找到通往森林深处或是山体内部的那条隐匿小道。

那些若隐若现的机关，或许就藏在那棵最为粗壮的树的树洞里面，或许是那一丛丛挂满了经幡的碧绿的深处，又或许是与山体混为一团的岩石之间。而那条通向山脉最深处的必经之路，向世人隐藏起来。没有人会知道，那里是否居住着熊一样的精灵，背对着外面它一无所知的世界，孤独地在那里埋藏着的不知是满满的宝藏，还是深深的寂寞。

但，我总是希望它们能够存在，就像那些奇迹一样。至少，能让那些迷路的人找到生活的另一种希望。

后来，我搬到了这座山的山脚下，通往后山的入口也开始增多，人们可以从四面八方拥向山上，我不再去翻院墙爬后山。

夜晚，我能从厨房的窗户望向半山腰，庞大黑暗的山体中间，随着山路起伏的浪潮，那些栽着高高路灯的地方，仿佛迸溅出一朵朵柔柔的昏暗的浪花，在晶莹微弱地闪耀。这一排灯光像母亲温柔的手，温柔的怀抱，向两边一直蔓延到更深更黑的深处，静谧而又孤独。它大概是在褪去白天非凡的热闹后，才更加显示出这深深的孤寂的吧。

它从来没有被如此关注过。过去那些只有我们才知道的、隐藏在植物深处的老城墙，只留下长长的一截残垣断壁。舅舅说，那是过去光阴留下的痕迹，一个家族落寞的见证。我一直以为，它就默默地存在于此。在我们身体老朽不能走路、攀爬之后，它就一直隐藏于我们的脑海深处，直到我们消失的那一天，连同我们的记忆一起消亡。从此没有人知道它曾经的存在。

但是现在，有更多的人知道它了。因为这条山路，除了在泥土上浇筑了路面外，还修建了一些亭台楼阁，小桌小椅子。更重要的是，它被赋予了一个华丽的名字——阿里布果。它吸引了许多城里的人，他们沿着这条小路看到了它，在他们的叹息声、讲述声中，它依旧巍然而立，风格永存。

人们喜欢这里，因为在这座一年四季都有风穿过的城市中，他们早就习惯了站在山谷的河岸里仰望三山夹着的上空的那一块小小的风景。然而现在，忽然来到半山坡上，远处近处的风景尽收眼底，豁然开朗。那些人生中的不愉快，伴随着爽朗的空气飘然而去。

山势平缓开阔的地方，拥满了房屋。游人目光如织，羡慕这里村民们的田园生活，他们生活自如，担着粪去浇地，打扫院坝，修葺房屋，院子里的花草茂盛得漫出院墙。

另外，还有一些老式的木板房，由那些外来打工的人租住着。在机关干部们悠闲的茶余饭后时光，这些勤劳的人，也迎来了一天之中最为惬意的时刻。虽然还饿着肚子呢，但步伐却那样不急不徐，手里拎着刚从市场买回来的价钱便宜的五花肉，还有几瓶解乏解渴的啤酒。这样愉快的傍晚，属于每一个懂得的人。

我熟悉这里，就像我的鞋子早已熟悉了泥土的气息。在我长大以后，内心复杂，满眼仇恨，可是我的内心仍旧能观照到这些外表下的每一寸土地。因为在那里，有支撑过我们身体的小草年复一年地生长，那里的土地记住了我们的体温，收留过我们埋藏的小鸟。

与食物有关的事

　　每个意识都还在模糊着的凌晨，菜贩子们却比谁都清醒。镇上的沿河路，人声鼎沸、汽车轰鸣。天边仅仅初露微光，天空中还伴着点点的星绣子，夜的寒冷仍旧充盈在空气里。他们就这样站在刺骨的寒风中，呵着白气，借助着微弱的路灯，嬉笑怒骂着讨价还价，供给各取所需，价钱合适，便一拍即合。交钱交货之后，充盈了腰包驾着汽车扬长而去。

　　也有因为这样那样的原因没有打（批发）出去的菜贩子们，也只能抄着手，一脸的愁相，空白着脑袋，回到车上，或者找个较为暖和的地方休息一会儿，他们期待着像我妈这样年龄的妇女们的光临。其实，到现在，我也只有跟着我妈这样的人，才能找到又便宜又好吃的蔬菜。

　　之后，沿河路归于平静。空气萎靡，四周都是瞌睡的味道，小菜商们在默默打理着刚刚买下来的蔬菜瓜果，往往他们的菜摊后面都藏着一只桶，里面本是清亮见底的一桶水，但随着他们不断地清洗部分蔬菜上多余的泥土，而越来越混浊。但即使是这样一桶污水，仍旧可以源源不断地清洗出整个菜摊上的蔬菜。

　　菜摊上的各类蔬菜，分门别类，摆放得整整齐齐，有的上面还沾着娇俏可人的露珠，每一样看起来都是那样的鲜亮可口。商贩们对待这些菜就像对自己的孩子一样小心翼翼，他们的手掌厚实，骨节粗大，手指却灵巧谨慎，把那些表皮蔫了的部分仔细揪掉，轻轻地这儿拍拍，那儿捏捏，就这样经过他们精心的呵护，就连一颗小小的葱头，也立刻精神抖擞起来。

在迎来第二轮的沸腾之音之前，镇上第一缕太阳已经照在了最高的那个山头上。这里热气腾腾的肉类市场，生机勃勃，没有人记得几个小时之前，屠宰这些嗷嗷叫着的动物时的残忍一幕。还有贴近山边，卖鸡鸭鱼的商铺，一大早就有它们同类的"血腥事件"上演，但是这里的公鸡仍旧称职地打鸣，鱼儿也仍旧自由地在池子里愉悦地游荡。

这一切都在迅速的酝酿之中。最后，家庭主妇大军们浩浩荡荡地从小镇的四面八方拥向这里，点燃了那根蓄谋已久的导火线，菜市场迎来了每一天中最热烈的绽放。

我也是不久前才成为他们其中一员的。所以，比起他们来，我还显得很不成熟，有许多地方需要学习，我自信自己有很大的上升空间。虽然，从小，我就挽着妈妈的手陪着她一块儿逛菜市场，但我仍旧不知道哪家的豆腐好吃，哪家的菜便宜。

我每次抵达菜市场，兵荒马乱地在一个菜摊上指着这个、那个，买完给钱就拎走，买了好长一段时间的菜，仍旧不知道每一样菜的单价。而我妈，从容不迫，一家一家挨着问，货好便宜的话，暗自高兴。若遇到货孬价格还高的话，鼻子哼一声，转身就走。

在每天出门，去买菜之前，她老是会因为不知道买什么菜而黯然神伤。但去菜市场，就像她去赶赴一场盛大的聚会，她走在人群中，与买菜的卖菜的，三步一点头，两步一招手。忽的一下，自信就来了，买菜如有神助，一不小心就买了一背篓的菜。

而我在菜市场混得，完全就不如我妈那样如鱼得水了。首先，我一看到自认为比较好的菜就让人称一称，然后称完了再问价格，最后再讨价还价。这样的顺序，足够混乱的，卖菜的人天天与我妈这样老到的家庭主妇周旋，一个顶一个的精。即使是一毛两毛钱，也都能看得上眼，养家糊口嘛。再看我，笨嘴笨舌地一问，就知道是初出茅庐，此时不"宰"更待何时。

其实又能"宰"多厉害呢，这些菜贩子，每天贪黑起早，没日没夜地干，怎么样都能值得起那几块钱的。

再说，我也有在菜场遇到"淑人"的时候呢。曾经就有这么一位腿脚不方便的阿婆，头上包着头帕，穿着阴丹布的长褂子。我在她那儿买土豆时，随意攀谈，慢慢地牵扯出了那么一丝一缕的关系来。阿婆一看我就不是那种因为几个土豆来主动跟她攀亲戚的人，再说我也有根有据地前前后后捋清了关系，她立马觉得收我的钱就不对了。

看着阿婆那一脸的皱纹，我实在不忍心拿着土豆就走，于是在她声色俱厉的推让当中，我还是慌张地扔了二十元钱在她的摊位上，拔腿就跑。再去菜场买菜时，我已认不出她的样子，但一想起这位面目模糊的远方亲戚，心里仍旧戚戚有余。

我的小时候，物质并不像现在这么丰富。我曾经因为一只漂洋过海的菠萝，全身的细胞都为之欢呐喊。菠萝是多么神奇的水果啊，那样美妙的内心却隐藏在了那样粗糙的表面之下。那些表面的凸刺，显示着它与我们本地的水果是多么的不一样，那充满热带风情的口味，让我体会到了从未感受过的异域色彩。那是海风迎面吹过，留下的一股海鲜味吗？甜中沁着盐的咸味，应该是大海的味道。

它和它的伙伴们，千里迢迢地来到这里，从大海边走到内陆，再走向高原。一路的繁华被抛在了身后，若还要往里走，则是扶摇直上了。它满载着人们的各种希望，一直来到了大山的脊梁上。这样的不分昼夜，一直到路的尽头，有沉默的群山包围着。

若它们也有高原反应，被拉在货车里东摇西倒。新鲜的气息，在干燥的空气中蒸发，一丝一丝地消失，饱满的表皮开始塌陷。但即使是这样的食物，也是一种安慰，它充实了牧人单调的奶制品的胃口和寂寞的心，让漫长而孤独的放牧生活充满生气。食物所带来的欣喜，是无可比拟的。

那就更不要说精心烹饪之后的食物了，丰盛的食物上桌，有埋头大快朵颐的冲动。你看到的鲜活的菜色、闻到的各类香气，以及尝入口中的美味，通通刺激着嘴里隐藏的味蕾，它们贪婪地吸附着自己所管辖的区域。嘴唇在不停嚅动，口水在不停地分泌，混合着食物一切的美好，一不小心就滑向了食道的方向，然后再滑向胃里，胃挨着心脏，当胃饱胀的时候，心也就跟着满足了。

然而汤，也并不是加了盐的水。它是能看到的浓稠，能闻到的各种食物纠结在一起的碰撞。它躺在锅里，是那样的淡然。但却又汩汩地溢出炽热，它能够安抚每一颗漂流动荡不安的心。

但其实，这一切远远不止是这样的。它的背后一定隐藏了什么，要不然为什么会有一吃到口中，就快要有流泪的幸福感。

当成千上万粒的种子被孕育出来，奔向大地。它们在深深的埋藏之后，经历了怎样的黑暗和艰辛，它们又是以怎样的坚毅破土而出的？在见到阳光的那一刻，就像是生命重生之后的喜悦。一定是这样的，它们在大地的滋润下，阳光的普照下，愉悦生长。

　　而牲畜们受着一方土地的滋养，度过它们无言而又短暂的一生。最终，它们都是在为着别人，以生命的牺牲和付出归结。这之后，当人们坐在餐桌边，夹着一块肉，放到嘴里，五味杂陈。

　　最终，我发现生命以一种惯性依赖着食物。而在食物所呈现出来的面目之后呢，那里隐藏着更为隐蔽和密切的网络，那些环环相扣的环节。正是这样，这个世界在不断地向前，我们的生活也在此之下铺展开来。

在康定的冬天里

　　康定的冬天呼啦啦地就来了，八月份的蝉鸣、九月份的墨绿、十月份的红黄，这些热闹的色彩和喧嚣，真不知道跑哪儿去了，仿佛在一夜之间被吸走了一样。远处的天，是灰蓝色的，只有东边，云层深处的那一片过分闪亮，是因为太阳被深深隐藏在后面。远处的山，是青色的，没有了植被的覆盖，露出一个一个骨感的脊梁；近处，还有那些满目的空枝丫，有稀稀拉拉的焦黄叶子还顽强不息地立在上面。远处的窗外，偶尔会有无比耀眼的光芒，那是阳光空洞地照在这片土地上，空气中会有些雪片晶莹剔透，闪闪烁烁，还没来得及累积，就凭空消失。

　　这样的天气，似乎正在酝酿一场大雪。我们都在巴巴地等……空气干燥而又刺激，大人小孩都着不住了，走到哪儿都听得到"咳咳咳"的咳嗽声。每天走到街上的时候，像裸着两条腿似的，走在风里。每一个毛孔在出门的那一瞬间就感觉到了这个冬天深深的寒意，向下收紧，埋起来。耳朵仿佛随时有被冻掉的危险，这个时候，真想像熊似的找个深山老林躲起来冬眠。

　　一回家，我们就打开电炉取暖，电炉的威力不大，只有方圆二十厘米以内的距离才感觉得到它的温度，我们每人占据一个地盘，熊着腰缩成一团抱在上面烤，几乎寸步不离。烤火的感觉真舒服啊，暖暖的，绵绵的，一股一股睡意交错在火炉边的空气里，真想就这样一动不动地永远待着。

但是，在恹恹的冬季早晨，我们还是得准备出门了。我先将自己裹得严严实实，再将一再抗议的我的女儿也裹得密不透风，我们像两只长了贼溜溜眼睛的皮球一样，艰难地从门口一只一只挤出去。一出门，女儿便像小鸟一样轻快了。在院子里，她拨拉下围在嘴上的围巾，仰着脑袋，看到了天空中稀稀拉拉的小雪片，肉嘟嘟的小嘴里很快就"哇"了出来，伴随着无比的惊喜。"真正的冬天来了哦。"她兀自地点着头，语气中是对自己话的无限认同，老到得很像我妈平常的口气，就像我是一个从来不知道冬天的人，慎重地向我强调冬天来了这件事。

我们在出门的那一刻，瞬间就远离了温暖柔软的好时光，僵硬地扎进坚硬冰冷的空气里，针芒似的东西，很快开始与身体每一寸裸露在外的皮肤产生硬碰硬的较量。

在有小雪花飘着的早上，一路上都会伴随着牛宝的各种开心和好奇，即使只有星星点点的雪花。她的兴奋从心里冒出，一直沸腾到嘴里，一串儿一串儿地变成了各种感叹：一会儿，"雪掉到我眼睛里了，咋个办？"；一会儿，"好想吃一口雪哦"；一会儿，"你看，这儿的雪都堆成这样了"。我瞄过去一看，只是路边的细缝里恰好有一小撮雪还没来得及化。在她的眼里，如此众多的雪已经足够让她觉得密密麻麻了，似乎都可以堆出一个雪人儿，或者打一场雪仗。

康定的每一个冬天，都是这样，来得猛烈又迅速，容不得有半点过渡。似乎昨天都还能看到满大街白花花的大腿，今天就都裹上了厚厚的秋裤，然后天气开始越来越冷，越来越冷。冬至都还没有到，"一九""二九"都还没有开始数，寒天岁月也还没有正式拉开序幕，街上就开始有桐油凌了，看上去冻得那么坚挺光亮，躺在冰窟窿似的康定里，永远都没有化掉的意思。然后就这样，康定毫无预警地进入了漫无边际的冬季。

在这个寒冷的世界里，几乎每一个角落，都充斥着最为顽强的小孩子们。在偶尔没有大人的空间，他们几乎都很自由散漫，没戴口罩、没戴手套，也没有戴围巾，只是穿得棉蓬蓬的，流着黄黄的鼻涕，小脸蛋冻得红红的，像快要流出血来的样子，但仍旧忘我地玩耍。虽然这会儿他们都被关在了学校，但总有那么一两个漏网之鱼，在这样寒冷的天气里，出没在街道上。

我穿过新市后街，远远地就看到了一个走在街沿边的小姑娘，齐耳短发却不服帖地到处支棱着，模样可爱。她在走，还在说，自己跟自己，很高兴的样子。她的整个世界都在她的光溜溜的手上，那有一支小小的棒棒糖。她看到了我在瞅她或是她手上的糖。我跟她擦身而过，她瞄了我一眼，迅速而不屑的。那个小小的身体充满了警觉，仿佛一只小刺猬一样，那些隐形的小钢针从身体上窸窸窣窣竖了起来。在到达安全距离后，那些想要保护自己的刺，融化成温和的毛皮，轻轻落在她灵巧的小身体上，她像小猫一样轻盈离去。

还有老人们，他们在过过去的日子的时候，早已学会了从容不迫地去面对剩下的日子。他们起床，喝过热热的茶，拿着一张硬纸壳出门。然后就顺着太阳的踪迹，一路撵过去，阳光就像他们最亲爱的羊皮褂褂一样，覆盖在身上，从日出一直到日落，这时他们才支撑着站起来，顺手捡起在屁股下待了一整天的硬纸壳，跟同伴们道别。

有的老人，只能守着垃圾桶旁边的太阳，他们左右顾盼，一整天都在垃圾里流连忘返，赤手拨拉着那些被别人视为废物的垃坂，他们将它们挨个儿捡出、分类，塑料瓶、易拉罐、废纸，一件一件被他们视为宝贝似的，堆放得整整齐齐，整理得干干净净。通常这些老人都是形单影只的，因为竞争激烈，对手强大，他们每天都只有坚守好自己的阵地。老人的外衣已经很破了，腰间系着一根细绳，以此来拉拢没有纽扣的外衣。他拖着比昨天更加衰老的身体站在瑟瑟寒风中，撕手上的布条，想要捆住装好废品的垃圾口袋，神情那么专注。虽然这样卑微地生活着，青春也已经不在了，但还是可以坦荡荡。老人什么也没有，只有那个逐渐老去的身体，陪着自己，未来的时光，也不知道还能剩下多少。老人守在这里，等候漫漫的冬季慢慢地过去。

有一段岁月里，康定城的冬天依旧那么寒冷、肃飒。那些矮塌塌的木板房子，一幢挨着一幢，由近处的平地一直延续到一些高高的山坡上。房顶上的瓦片层层叠叠。化雪的日子，雪水牵着线，沿着瓦片的纹路滴滴答答。第一场雪还没有化完，寂静的夜空，又召唤来了第二场雪。那样深邃的漆黑，看不到一颗星星，浓重而稠密，天空像胀满了种子的果实一样，突然就炸裂开来，雪花开始漫天飞舞，它早已不受母体的控制，不顾一切地纷纷坠向这个寒冷的世界。

晨起后，窗外的天空与大地已经连成一片，白茫茫。世界本该这样不着一丝痕迹。低低的屋檐仿佛被一尺厚的雪又压垮了一截，长长短短地结满了冰柱，这样一个晶莹雪白的世界。不一会儿，自行车、驾驾车、三轮车，开始顺着小巷子、大马路络绎不绝，雪被踏得实实地躺在地上，动弹不得。到了中午的光阴，气温上升了，这些被践踏了的白雪便与泥土翻滚在一起，除了少数铺着水泥的地面，其他地方都显得泥泞污浊不堪。

没有秩序的交通道路，人走在上面，牛啊马啊的，也昂首阔步地走在上面，似乎比人还更加闲庭信步。山上的干草，已经被深深地埋在了雪下面，牲口们没有可以吃的了，于是拉帮结派地到城里来。城里至少还有垃圾可以捡来吃。动物们浩浩荡荡地就过来了，混迹在垃圾堆上，埋头苦干，虽然那些纸箱的口感确实不怎么的，但总比饿肚子强吧。吃饱喝足了，马匹们集体撤退，心情好得龇着蹄子满大街乱跑。只是街道太拥挤了，惹得路边的行人纷纷驻足停让。

街口的肉市，热火朝天，肉贩子们刚熟稔地剥完了牛皮。屠皮、排骨、腿子肉分门别类，摆成了一排，一个个鲜活的身体就这样被肢解，被肉贩子们啪啪地拍着，招揽顾客。这些身体的部分，新鲜得如同刚出炉的包子一样，热气腾腾。割下来的牛脑壳被甩了一边，睁着两只长着长睫毛的大眼睛，跟生前一样柔顺乖巧，但舌头却一直露在外面。还有一些被拴在街头的待宰山羊，惊恐地张着大眼睛，"咩啊、咩啊"地挤作一团，一路上都屎尿淋漓不断。在这群山羊里，混迹着一头牦牛，体形庞大呆滞，站在雪地里一动不动，眼里饱含着似有似无的泪水。它好像看到了一切，屠夫手里闪着光的刀，同伴粗粗的喘息，还有身体重重地倒在地上发出的闷响，但是它被拴在这里，什么也无能为力。那些粗壮的血管里汩汩冒出的血液，最终流向了哪里呢？春天到来的时候，冰雪融化，一切仿佛又回到了最初美好的样子。

康定这座城市也越来越像一座城市了，到处都是高楼大厦，挺拔林立。那些五颜六色的建筑，看起来是那么的金碧辉煌，我误闯入一间房子，推开大门，温暖的空气将我包围起来，转身就将寒冷关在了门外。窗外有小鸟正在偷食防护栏上的香肠，这些小小的动物，似乎不会轻易入侵到我们的世界来，每次路过天主教堂，都能看到一棵大树，但只听得喳喳喳闹成一片，就是看不见一只鸟儿。不知道我们曾经对它们做了什么，它们才小心翼翼地生活在我们的周围。

后来，我再也没有在城里见到过像牛马那样大体形的动物了。它们仿佛从这个世界上消失了一样，抑或从来就没有出现过。它们穿城而过的壮观场面永远都停留在了我们逝去的童年里。偶尔在院子里晒完衣服，拿着空盆子准备回家的时候，隐约听得叮叮当当的马铃声，是后山的那个步行道，这样寒冷的天气早已鲜有人至了。我探出脑袋时，只看到了一个小小的天。我躺在静静的夜里，再也听不到折多河水流向远方的声音。

洪水之年

　　折多河亘古不变，由北向东流去，拖曳着细水溪流滚滚向前，不舍昼夜，注入大渡河，横断山脉褶皱里被勾勒出一抹绿意。河水所及，沿途的荒野，次第绽放，变成了村落、城镇，安然傍依在河的两岸，耕田、草木、生灵、我们——都被它深深地滋养。这是平常折多河平静的日子。

　　今年闰六月，雨季变得漫长，折多河里的水，动荡不安，四处冲撞，黄色的泥浆在河道里奋勇，猛然拍打着河堤、桥面，溅起水花高过栏杆。雨水日复一日，冲刷山体，浮于山体表面的碎石泥土，涌动而出。大家为之凛然，不禁想起 1995 年的那场洪水，焦虑的情绪伴着雨水倾泻而下。

　　1995 年，折多河水也闹腾得厉害，翻上了河堤，溢过了桥面，畅通无阻地往四面八方涌去，所到之处，无坚不摧，有塑料泡沫、半截浮木被卷入河中，在浑浊的泥水里苟延残喘，时隐时现。沿河边，还住着好些老百姓，突然暴发的洪水让他们瞬间陷入孤岛，只能在焦灼不安中等待，军人们沿着没落的路基，利用绳索攀岩，想着一切办法带他们冲出河水的重围。

　　电力系统正在恢复，黑咕隆咚的夜里，人们都迟迟不肯睡去，商量着天一亮就要去买米、买面、买清油、买罐头。衣食无忧的我们，怎能理解他们此时的心情呢？还是会去躺在床上，睁着眼睛，听着河底的石头，被水流拖动强行向前，发出咚咚的闷响，初听这样的声音，总让人莫名慌乱，心头也为之一紧。

河水猛涨的这几天，大舅仍要沿着河边走走，每天都要向远在异地的兄弟们播报当日天气情况，又听得河中水推石头发出巨响。几十年前，外婆告诉他这是"造河底"的声音，大就要晴了。可是看看这天，昏黄黯然，压得人眼皮都抬不起来，哪里有晴起来的迹象呢。但，毕竟是老人们的经验，第二天，天气没有放晴，雨却收了回去。

河堤、桥洞边都塞上了沙袋，为防溃堤，大家早早地做好了准备。那年的河水决堤，人人自危，为了保家护院，各家院坝门口堆上了沙袋。其实除了靠近河边的人家，水是涌不过来的，为求心安，这些沙袋像秤砣一样，稳稳压住了大家的心。

相对来说，我们是安全的，这个时候，家还是那个平凡的家，它靠近山脚，被收纳进山体巨大的阴影里，在风雨闪电之中，是多么微弱渺小。这些久经风吹日晒，年成已久，四处漏雨，日渐糟朽的木板房子，成了唯一能凝神聚气，系护大家安危，牵动一家人命运，心之所向的场所，同时又是多么强大的存在呢，即使只是一支蜡烛的微光，也能带来莫大的温暖与安宁。

雨不停，又能怎样。洪水过境，所向披靡，它漫出既定的路线，毁坏村庄，夺走生命，人类一旦无法掌控，剩下的只有恐惧。折多河水从来没有停止过折腾，二舅在远远的大城市里，从大舅传递的信息中获取自己回忆里的一些蛛丝马迹，也想起小时候。他说："妈妈就站在那里喊菩萨保佑，听得我浑身打冷战，吓得一晚上睡不着。"是啊，这段时间，人们从女娲祈求到菩萨，又到苍天，而渺小的人类，总是希冀于冥冥之中，有一股无形的力量给予牵引和帮助。但好在，无论过去，还是现在，我们对当下和未来除了恐惧，更抱有热切的希望。

　　还是那年，洪水消退之后，人们像打了胜仗般，欢欣鼓舞，也为躲过这一难吐露轻松，我则高兴不起来——期末考试如期而至。但，灾难也给我们留下了一份意料之外的礼物，礼堂宽敞的坝子里堆积着厚厚的一层泥沙，孩子们欢呼着冲向泥滩，伴着凉飕飕的河风，玩得不亦乐乎，这是那段时间难得的欢愉。

　　很快，泥沙也不知去向了，更不用说被洪水冲得面目全非的街道、桥梁、房屋，甚至还有那场洪水，在二十二年之后，只剩一些残存的记忆在人们的脑海里。

进 山

我们在山下，几经打探，只有一条土路通往麦崩山上。

车是由东柱开的，这个皮肤发白的男孩子，开起车来倒有一些血气方刚：总是看不得前面有车挡着。刚上山时，山势缓和，我们的车，就开始撒野，一刻不停地追逐着前面的车辆，整车的人都被颠得东倒西歪。我赶紧把车窗关上，生怕自己被颠出窗外。窗外，道路逼仄。自己一旦被颠出去，那就只有顺势滚到山脚下去了。

烈日炎炎，车窗关上，路上就多了一屉行走的蒸笼，热气腾腾的车内，每个人都在散发热气，每个人的毛孔都在往外冒油。我们没办法超车，跟前车又近，轮胎下翻飞的黄土干沙，没入车内，四下弥漫着焦灼的气味。

大家开始沉默，再这样下去，车散架，人也非散架不可。我正想着，前面就奇迹般地亮出了一截柏油路，我们毫不犹豫，大刀阔斧碾压过去。奇怪的是，前面那辆车，也飞奔似的，头也不回，仍旧沿着土路往上赶。

正在纳闷，我们的车就被逼停了。眼前是进山的沟口，设置了严实的路障，还发出了警示：前方塌方，一切车辆不得通行。踮起脚，只能遥遥地看看：巨大的山体滑坡处，一台挖掘机，孤单地扬起大大的爪子，一勺一勺地挖着，孜孜不倦。天知道这样挖下去得用多长时间。

默默掉头，又乖乖回到了那条土路上。没有了对手，东柱反倒从容了下来，路也跟着宽阔了。车越往上开，路不再只是浮于山体表面。几个转弯之后，我们算是向山里推进了。

山里，山里的景象不同于那些茂密的森林，树木参天；白天和夜晚一样的浓重；尖起的耳朵，四下探听；每一步小心翼翼都会发出声响……

这里，有如世外桃源的豁然开朗，视线跟着就开阔起来，植被也越来越丰富，还有交织在耳边的，各种浓稠的声音，细辨像是：水声，隐藏在那里，哗哗作响；蜂鸣，成群地扇动着翅膀，引得山谷都在动荡；还有天上划过的飞鸟，自由鸣叫……我们赶紧摇下车窗，探出脑袋，四处探望。

像是另一个入口，世界敞开了。

站在山脚下，大山如同沉睡的巨人。沉重的肉身陷入无限的孤寂之中，荒凉，又一毛不拔，太阳永无休止，照射得它尘埃四起。看起来那样焦躁不堪，什么都无能为力。然而，这徒有其表，只是虚晃的外壳。巨人所有的活力都深埋于它跌宕起伏之处。那些隐藏的暗流，在深处默默涌动，是某种力量的源泉，维持着山体内部有序运转；那些被深埋的种子，还未被唤醒，它们被包裹在最黑的土里，温暖湿润；在山野才有的平凡存在：野羊、山鸡，巧妙伪装，在太阳的阴影里，闪烁着宝石般的眼睛……四面都是山谷，我的内心雀跃，引吭高歌。

一路上都在睡觉的杨老师也按捺不住了，终于跳下了车。

忘了说，我们的车早在一堆路牌前停下来，踟蹰不前。全车的人，除了我，都在艰难地猜测这堆路牌要指明的方向。

　　路牌拥在十字路口，四面八方，前后左右，都有所指向。上面写着"呱嗒沟"（这个村名让我笑话了半天，一听就是随意取的嘛），"厂马""为舍"等等，唯独不见我们要找的"昌昌"。

　　我们早在沟口时，碰到过一户人家，扬着手往天上一指，说："你们沿着这条路走就对了。"于是，我们也很听话地一直顺着路走。到后来，三十分钟过去了，我们没有碰到一个人，一个人也没有……才开始担心起来。

　　杨老师跳下车，一副心急火燎的样子。前后左右，东跑西看，以为伸长了脖子，就能找到手机信号，试着打了几通电话，再回到车上时，就一副胸有成竹的样子了。杨老师指挥着，车子欢畅地跑起来，大概十来分钟，看到了水泥路面，像烟火发出信号一样，就这样我们重回人间——这里是昌昌，后来又分别去了为舍和厂马。

　　每一个村，我们都没有能够作过多的停留。即使是这样，回想起来，那些日子，仍旧像是被时间割裂开来了，清晰明朗的，精拣细选，放在了一边。

　　每个村口，来迎接我们的，都是老人。这些住在山上的老人，着深色衣物，朴素干净；他们皮肤黝黑，鼻梁突出，眉目间千沟万壑，皱纹深嵌；他们的双手粗糙，关节粗大。我们对话，关系到他们的生活，我倾听，疑问，赞叹……他们小心翼翼，就连我发出的"哦？""啊？"声，都一一给予回应。

　　他们带着我们去家里，参观每一个角落，除了存折以外，每一项财产我们都清清楚楚：客厅里的沙发、大彩电、大冰柜。穿过黯淡的楼梯，爬上楼顶的粮仓，他们以之为傲的——一整墙的猪肉。一整头一整头生猪，从脊椎处剖开，破成两半，一半一半地晾晒。在我们面前，老人用指头对着猪肉数起来，那个认真的样子，就像……就像，我数折子上头余额有几个零似的。

我们的午餐，是一道年代久远，工序复杂的菜——"香碗"。还有早已被冻得如石头般僵硬的鱼，鱼应该是提前去山下买上来的。几个佝偻着的背，隐没在浓重黑暗的厨房里好一阵忙碌。时不时闻得蒜香、葱香。摆好碗筷，我们上桌。这是满满一桌，男人们才能做出来的菜，同样的菜式各盛了三碗，鱼肉，一坨一坨；腊肉，也油气十足；堆尖的"香碗"放在中间。还有酒，是盛在盅里的，四溢着浓烈而刺激的味道。他们碰撞酒盅，当当作响，然后喝得嗞啦有声。

门外，朵朵和之哥带着的飞行器，嗡嗡地飞了起来，他们也放下碗筷，拥向院子。这是他们在熟悉了电视啊、手机啊之后，又一稀奇的玩意儿。所有视线一并扯上了天，又一齐看着它呼呼降落。

回过头来，他们又安然而坐了。喝酒、聊天。我们坐在其中，却与他们断然分割。在他们面前，我们是年轻的，也是无知的，他们的前半生有怎样的辽阔？这与后半生又有怎样千丝万缕的关联？

我们一无所知，不熟悉这里的土地，不知道这样的土地会撒上怎样的种子，结出怎样的果实……我们所了解的，也不是他们生活的全部。我们……连他们的话都不曾听懂。

这里只剩下老人们了。

清晨或是傍晚，大山陷入比平常更静的万籁寂静，山脉的呼吸缓慢而又深远，老人们感受着这样的脉搏，想象自己的身体仍然年轻，早起、劳作、牧牛、放马，这一方深重的宁静孤寂啊。关节粗大，一动起来就咔咔作响，腿脚也远不如以前利落，青春早已远离。生命，不再是呈现出一种活力的姿态，而是以一种惯性在缓缓向前。他们的身后，曾经庞大的、盘根错节的生活，足够支持他们走过以后的岁月。

　　这是去年，我们到过的地方，但现在想起来，似乎又从未曾来过。

青 稞

十月的土地，青稞熟了，麦浪滚滚，这是召唤着我回家的讯息。

我就出生在这个季节，阿妈说，这个时候出生的孩子都是有福气的。而我此生最大的福气，并不是因为出生在这季节，而是来自多吉。当我还在襁褓中时，三岁的多吉流着鼻涕，走到床边，他看着我，眼睛里装满了好奇和小心翼翼。从此以后，他柔软的脊梁骨上，温暖的胸膛里，都留下了我暖暖的尿意。

我被人欺负，哭得屁滚尿流，回家去找他，他什么也没说，拍干净我身上的泥土，将我安顿在钢炉边，挽着袖子就出去了，我坐在温暖的黑暗角落之中，睡意渐袭，快要忘记世间一切的爱恨情仇。

我想起很多个傍晚，我们都围坐在温暖的火炉旁。阿爷最喜欢舔着糌粑讲格萨尔南征北战的故事。此刻的多吉，一定就是那个身披铠甲的勇猛战士，机巧灵敏地躲闪，挥动起拳头，招招正中要害，直打得那些人跪地求饶。在我看来，他的每一场恶战，都是在为我讨回公道，也把我丢掉的布楚家的脸，给捡了回来。

我坐在这里等他凯旋而归，使劲睁着想眯起的眼睛，望向门口，一处光亮被撕裂开，他挤了进来，猫着腰身，轻巧地溜到钢炉边，坐下，通了通炉子里剩下的余灰，衣袖被扯下来一块，掉在一边，晃来晃去。他又轻悄悄地往炉子里添了几块牛粪，埋下头，照着有火气的地方使劲地吹，火光映照在他的脸上，才看得嘴角在微微地抽搐——那里有血迹。然后，他伸出手来，拨了拨我的头发，又收回手，向嘴角边擦去，这时，才冲我露出一个笑容，这是胜利的笑容吗？即使没有胜利，这样的笑容也让人倍感安心，足以宽慰我这个胆小、懦弱的灵魂。

我们一起去镇上上学，他的手搭在我的背上。成片的青稞地向我们迎面而来，这是我们最为惬意的一段日子。我的个头也在疯长，直抵他耳朵的下方了，我仰起头，看着多吉的眼睛，崇拜地说："我也要好好地打架。"多吉看着我，点点头，拨了拨我的头发，又望向远处的青稞地，满不在乎地说："等你长大了，力气大点，打架就打得好了。再说，打架又不是多大的本事，解决不了所有的问题。"远处的青稞地，在阳光的照耀下，闪闪发亮，显得生机勃勃。耳边，青稞叶片在沙沙作响，日光蓬勃，也洒在他的脸上，从额头到鼻翼、下巴都被镀上了一层薄薄的金光。一切都充满了希望。

春分过后，家家户户都围绕一年的生计忙碌了起来：翻土和播种。

青稞是我们主要的食物，就像汉地的大米和麦子一样。在三月，青稞的种子带着我们的希望，一起被播撒进了泥土里。

五月的一天，我早起上学，发现多吉的床铺空着，四处呼喊也没见人影。阿奶正在拾掇桌上的茶碗，看到我慌里慌张的样子就骂起来："你这个娃娃，清早巴晨的看到啥子了，在那儿惊爪爪地叫，还不快点，上学要迟到了。"

我跑向阿奶，抓起桌上的奶饼子就往嘴里塞，边塞边问：

"阿奶，我阿妈呢？多吉也不知道去哪儿了？"阿奶也不看我，递过来一只刚舀盛着糌粑的碗，说："你阿妈到牧场上去放牛了嘛，多吉和你阿爸，他们早早起来了，今天要去神山，这不是到念经的日子了嘛。"

我接过碗，这才想起，今天是鱼子西村的老百姓们，卜了卦去神山里念经的日子。村子里的青壮劳动力们，都要去山里，他们背着帐篷、干粮，在山上安营扎寨，接下来的三天，大家齐齐发善愿，念经祈福，愿我们的神灵保佑，在这个季节不要出现冰雹天气，因为青稞就要破土而出了。没有什么能比这件事更为重要了。

我孤零零地去上学，没有了多吉陪伴，一个人的上学路，寂寞而又漫长。

种子在地下，经历了重重黑暗，终于钻出地面，望见了太阳。杂草也跟着疯长起来，争抢着吸收青稞幼苗的营养。这是青稞的幼年时期，必须加倍辛苦，小心伺候，因为家里劳动力有限，所以多吉又向学校请假了。

临近周末，我放学很早，路过地头，看到多吉跟阿爸、阿妈在地里忙碌着。我忙不迭地跑过去，将书包扔在一边，一把拉过他的肩膀。我们俩已经一般高了，我对着他的耳朵高兴地说起今天的考试。他朝我伸出大拇指，指甲缝里全是泥。他又像往常一样拨弄我头发，我看向他，他的身体变得又黑又强壮了。但不知道从什么时候起，多吉面对我讲起的学校，有一些不知所措，眼神里也多了几分不自在的闪躲。

毋庸置疑，多吉是天生的劳动好手。无论是在牧场上，还是在地里，他做事的风格是周到、干净而利落的，常常引得邻居们啧啧称赞。因为劳动，他修长的手指变得粗糙，手腕有力，但却不显笨拙。他的那种灵巧，能散发出一种抚慰人心的力量。就连现在，面对这些人人讨厌，又无用的杂草，他拔起它们时，都轻巧而迅速，生怕弄疼了它们。多吉说："我就是这些杂草，而你嘛，是青稞，我要保证你无碍地成长。"这年，多吉小学毕业，并准备暂时休学。

云层叠叠，铺满了整个草原，惊雷滚滚，从天边涌动而来。倾盆的大雨，覆盖而下，给成长着的青稞推波助澜，再次注入了生命的活力，青稞长势喜人，眼见着一日高过一日，麦秆开始抽枝蔓叶，漫地展开，填盖满一畦畦田地。

大地滚动，上下翻着金浪，连空气里都洋溢着成熟的气息，金灿灿、沉甸甸的麦穗挂满了枝梢。一年之中最为繁忙的季节终于到了，大家都无比激动喜悦，今年家家户户青稞丰收，这意味着接下来的日子，劳动更加的繁重。

我们拣好了日子，准备收青稞，消息一放出去，邻居们都来了，带着各自的劳动工具。收青稞可是体力活，那一日，阿爸因身体不舒适，所以拣了轻巧的活路，去牧场上放牛了，老人们则留在家里，阿妈准备了简单的食物，带着多吉和我，三人早早地就来到了地里。

太阳缓缓从东方升起，即将冲破云层，升上天空。田地间，六人排成一列，各司青稞几行，在行进中挥动起镰刀，刀锋落下，齐刷刷斩断麦秆，剩在另一只手里的全是鼓舞人心的力量。

刚开始，大家齐头并进，在暗中各自较劲。眼见着，阿妈就领先了，她不愧是割青稞的好手，动作娴熟，身手敏捷，不一会儿，就把其他人都甩在了后面。我跟多吉前后照应，在倒下的青稞里顺手抽取几根，将几匹拴成一捆，堆在地头。我们不时关注着阿妈的动向，心里暗自给阿妈加油。我和多吉，都为阿妈感到骄傲。善于劳动的人，都是值得钦佩的对象。

阿妈弯着腰，镰刀像一弯月牙，在闪着银光。跟前面闪烁的每一刀一样，用力均匀，落刀有速。这一刀割将过去，但见光影之间，却落错了地方，刀刃毫不留情地割向了她的手背。大家惊呼起来，迅速围将过去。我跟多吉，跳下田埂，冲向阿妈身边。阿妈表情痛苦，强忍着疼痛，手背上血流汩汩冒出，我害怕，不敢再向前多走一步，撇过头去，不再去看阿妈。多吉也是害怕的，眼神里充满了恐惧，他迅速望向我，看出了我的害怕，然后冲到我的前面，用身体挡住了我的视线。他扒开人群，哆哆嗦嗦地脱掉身上的衬衣，简单给阿妈进行包扎，背起阿妈，就向公路上跑去。

太阳终于蹦出来了，照在被鲜血染红的麦秆上，显得特别刺眼。我失魂落魄，怔怔站着，看着他们远去。我恨自己，那么没用，我才是那个杂草一般的人。

千年积雪的神山，依旧静默，默默守护着这一方。

与往年相比，这个最为繁忙热闹的季节，我家却冷清了许多。因为阿妈受伤的缘故，阿爸拖着生病的身子，天天前往牧场的深处放牧。家里的老人，除了阿爷阿奶外，还有一个残疾的姨娘，全都指望着这二十几头牦牛呢，它们的产出是酥油、牛奶，这些都是老人们营养的保证。最后，收青稞的重担全落在了多吉身上。

前几日，大家都在地头忙着收割。割下来的青稞撂成一堆，等待着拖拉机拉回我家，最后又被盘上楼顶的晒场。邻居们也从地头赶到家里，冷清了几日的家终于热闹非凡。今年的雨水少，青稞被拖上楼顶就开始享受"意故"的拍打，随着一声声"啪啪"的滚落，麦穗就和麦秆分离开了。鼓风机在耳边嗡嗡作响，青稞粒从包裹的外皮里，剥脱、分离出来。

我从学校回家，又是一个星期以后，第一件事就是找多吉。屋里屋外，上上下下找遍了，也没有看到他，当我爬到楼顶，一切都是那样安静。我们的晒场上，阳光倾泻，黝黑的青稞粒被照得闪闪发亮。旁边是谷仓，此时被麦秆填塞得满满当当。

从屋顶望过去，那些遥远的青稞地，一片接着一片，多吉在哪片青稞地里挥汗如雨呢？对于返回学校一事，他只字不提。只是马不停蹄地，在邻居各家辗转，每一处青稞地都能看到他沉默如影子般的身影。

阿爸是一个不轻易说病痛的人，我们早该想到当他说不舒服的时候，就是一个不祥的信号。当阿妈的手日渐好转的时候，阿爸病倒了，他躺在床上，仍旧叫我们把原来的那些止痛药片送到床边，凑合着吃。他舍不得去医院，光是检查的费用就会花掉很大一笔钱。所以，直到他离去，我们都无法知道他的身体到底哪里出了问题。

没有了阿爸，我很难过。我想起我和多吉小的时候，阿爸每次从康定回来，都会给我们带一些礼物，像变戏法一样，从口袋里掏出来玩具手枪、书还有大袋的糖果。这些难得的礼物刺激着我们平淡的童年，欢乐就像吃这些糖果，大快朵颐地吞掉之后，还有丝丝甜味意犹未尽。糖果被我们吃完了，但玩具和书还在，这些都是和阿爸在一起的那些记忆，如影随形。

傍晚，我和多吉在床上相对而坐，他拿出书和手枪，久久地抚摸。我望着他，想起阿妈那张脸，才四十岁，却被生活磨得千沟万壑，以后这没有阿爸的日子，阿妈……还有三位老人……我们应该何去何从。我在心里狠狠下了决心，抬起头，迎上多吉的目光，郑重地对他说："多吉，我准备退学，如果以后有机会……"多吉打断了我，伸出手拨了拨我的头发："放心，还有我在的嘛。"然后，他露出很久不见的笑容，是小时候的那个笑容，恍如就在昨天，像阳光努力穿透云层，将我心里的阴霾一扫而光。

青稞只是我们自己一年的口粮，读书则需要更多的钱。

多吉下了决定，很快就动身去了新都桥镇上，这个离家较近的地方，一来可以挣钱，二来也可以照顾到家。很快，他就找到了一些零工做。以他的聪慧，很快又学会了泥工。新都桥是光与影的天堂，来此地摄影拍照的人日益增多，这个时候镇上开始大兴土木，宾馆、客栈林立，为保持建筑传统风貌，外观都是传统样式，用石块砌墙。这门手艺，虽然辛苦，但丰厚的报酬足以支撑家庭运转以及完成我这一年的学业。

这年我十九岁，高中毕业，考上了成都的一所大学；多吉二十二岁，有了意中人。这是我们另一段美好生活的开始。

但多吉却带着这姑娘私奔，藏到了康定，阿妈怎样也找不到。

阿妈在电话中急促地说："你赶快打电话给你哥，叫他回来。他是被鬼迷住心窍了，我们说啥子他都不听。"

我很气愤，心想，多吉肯定是被鬼迷住了。我带着疑惑和不明就里，气呼呼地挂了阿妈的电话，就赶紧拨给他，他接了电话，电话的那头是无尽的沉默，我的愤怒瞬间就崩塌了。我听到他深深的呼吸，回想起他与我共同度过的十九年，最终变成了嘱嗫："多吉，你，还是快回去吧，阿妈担心你。"

因为我的一句话，多吉回家了，同时也放弃了自己的爱情。

多吉不是轻易就会被打垮的人，并没有因此就失去爱的能力。两年后，他去山上挖虫草，遇到了现在的新娘。两人迅速确定了恋爱关系，不多久开始谈婚论嫁。喇嘛为他们占卜，选好了日子确定婚期，双方开始各自的忙碌。

这年，我刚好大学毕业。作为村里唯一的大学生，多吉很以我为荣，我站在他的跟前，个头比他还高了，他向我伸出手，迟疑了一下，拿回手去搔了搔自己的脑袋，笑着对阿妈说："我们家最有文化，最能干的，就是他，他一定要去帮我接亲。"

我作为先遣队，走在迎亲队伍的最前面。我们着装整齐，前去新娘的村庄。新娘是美丽的，在家人簇拥中，穿着镪氇百褶裙，头顶帽檐遮住额头，衬托得脸颊越发楚楚动人。一直以来我是多吉的唯一，他一直都是我的，今天他终于要成为别人的多吉了，她是有福气的。

夜色越来越浓烈，气氛越来越酣畅，为着这桩喜事，人们在院子里吃东西、喝酒、跳锅庄，通宵达旦。邻居凑过嘴来，告诉我："你有一个好哥哥，一定要珍惜啊。"我疑惑地望着邻居，他已经喝醉了："你们家多吉，要不是因为你，早就和夏姆家的女子好了。"我更加疑惑了。"天下女子那么多，你哥哥不选，偏偏选了她夏姆家的。夏姆家的女子是要住家的嘛，你哥哥如果选择了她肯定就要离开这个家嘛。不然他们跑啥子跑嘛，跑了还回来做啥子嘛，如果不是因为你，他会回来？他不回来，你这几年的书就白读了，回来住的就是你。"

当年，只是我的一通电话，一句话……

回头看看，多吉的人生轨迹，都是在我步履之下，慢慢改变。

我的目光穿过人群，看到多吉也在看我，扬起那个让我无比踏实的微笑，我忽然想起多吉说的话，"我就是这些杂草，而你嘛，是青稞，我要保证你无碍地成长。"

多吉错了，他并不是杂草，他就是他自己，那个农人，一辈子都与青稞捆绑在一起。

小

记

丹 巴

我顺着记忆的蛛丝回到了丹巴。

那年，我正好是初中毕业，前所未有的轻松。去了丹巴，在目睹了神奇的"白人戏水"、朝拜了庄严的墨尔多神山后，就在丹巴的表妹家住着，过了一段吃喝玩乐的好日子。在八月炎炎的烈日下，我们穿着宽松而空荡的衣服，吃着冰棍，来来回回地游弋在丹巴窄窄的街上。我们在街头碰到一群和我们一样无所事事的少年，皮肤黝黑健康，跟我们轻松地打着招呼。而其中一个在临走的时候专门拍拍我的肩头，对我说了再见。于是，我就像一只惊弓的小鸟，将他的一言一行都记在了心上。丹巴实在是如此之小，巴掌大的一块地，到处都挤着林立的楼房，然而在每一个清晨和日落，我那满满钵钵的忧伤都溢得满地，无处可放。于是，在过完了那个短暂的假期，我只得带着满腔的羞愧和失落黯然离开。而那个人，甚至从来都不知道有一个戴着眼镜的小女孩为着他独自饱尝了那么多的煎熬。在丹巴，我忽略了身边的山山水水，花花草草。全身心地完成了对未来最美好的幻想，这或许也是我青春里最忧伤的一曲歌谣。

我不能说出口，这是父辈们无法理解的情感。我一直对于这场神经错乱的感情无法释怀，直到世界地理权威杂志刊登了法国SPOT卫星发现时，我终于为年少时那场无法向谁诉说的情感，找到了合适的出口：丹巴像一枝傲然开放的梅花绽放在冰天雪地的青藏东南缘之上，凭借着这样"全世界绝无仅有的、最独特的地形地貌"的气场，导致了我那样一段身不由己的青春岁月。从岁首到年末，从丹巴遥远的过去到无法预知的未来，她始终不骄不嗔，不卑不亢，用默默的温情滋养着她的子民们。而我是何等渺小，在她宽广的胸怀面前，没有什么是不能被原谅的。

打开尘封起的过去，不再小心翼翼。

当刘阿哥开着他的爱驹——框窗上都覆盖了青苔的吉普，载着满车的人，一路哐哐当当地向丹巴开去的时候，我也在车上。车上的录音机里叽叽嘎嘎地唱着，仿佛是刀郎的歌。搭车客们沉睡的身体，跟着车身有节奏地摇晃，车内一片祥和。我们忠实的老吉普小心地穿梭于横睡在路上的石块中间。因为是雨季，山体滑坡，泥沙几乎已经埋没了路基。从姑咱分路后，我们开始逆着女王的河谷（大渡河）行驶。滔滔的河水，承载着过往的岁月奔涌向前，似乎只有这条无法停息的河流见证了时光更替中的丹巴。而当我再一次奔向她的怀抱时，她依旧如同往常一样接纳了我，就像接纳她生命中无数的匆匆过客一样。

五千年前，远古的先民开始出发了，像往常一样开始了大迁徙，他们要找一块水草丰茂之地短暂栖身。他们的一生中经历了无数次这样的游走，他们熟稔地收拾好一切，赶着牛羊牲口，带着家里的老老小小，长途跋涉经历了我们所不知道的磨难，终于游牧到此。而这次他们不知，这块他们将要去的那地，乃是有山、有谷、雨水滋润之地。这是神所眷顾的地方，这里将改变他们的一生，最终他们将在这里繁衍生息，永不离去。于是他们开始在这里安营扎寨，在这块肥沃的土地上勤恳劳作，让辛劳的汗水在这里开出了美丽之花。这是一个漫长的历史进程，遥远的先古人民在漫漫的历史长河中埋头苦干，他们不知道自己正在创造着怎样的历史。

时空穿梭，岁月交替。炊烟袅袅的几户人家开始慢慢壮大。各个部落开始出现，一片欣欣向荣景象。中央王朝的一纸诏书很快来到了这里。大大小小的部落成为了附属国，每一年这些王的臣民们都无偿地把自己辛勤创造出来的结晶默默奉献给远在中原地区的他。时间很快就滑到了盛唐时期，在丹巴东女国部落里，美丽的女王为着自己的子民徘徊于唐朝和吐蕃这两大向外扩张的王朝之间，流下汗水，也淌下泪水，于是大渡河成了"嘉莫欧曲"——女王河，女王的泪水和汗水汇成的河。而丹巴正是东女国的女王居住在"嘉莫欧曲"（大渡河）的源头。吐蕃东扩，唐朝对这里的羁縻尽失，最后归顺于吐蕃王朝，因而深受苯波教和各大教派的影响。最终满山遍野都布满了他们的信仰。

当我们醒来，在丹巴中路郁郁葱葱的清晨，空气异常清新，掩映在树林中间，能看到那些露出角的雕楼、藏寨隐隐交织，这里大概就是神仙的住所了吧。

当露珠都还没有从草地上褪去的时候，我们就从中路桑丹老师家出发了，沿着没于草丛中的路一直向上爬，身上都湿了一层。在罕额依村村民的房顶上，我们看到已经被岁月摧残的经堂，他似乎有了生命，对每一个探访他的人心存戒备，我们只得站在对面向经堂遥望。这是一座二层的建筑，底层由石头砌筑，上层则全是由木头构建而成的。四周为木制明柱，各作五开间，并由此形成回廊。里面似乎是经堂，几百年来虔诚的信徒们就沿着这回廊转经，祈祷五谷丰登，国泰安康。可眼下，这座经堂就要垮掉了。经过了岁月那样摧枯拉朽，仍旧挡不住那些能工巧匠们精巧的工艺的绽放。经堂的四角各有四对金刚铃杵，铃杵上顶着的是摩羯鱼头，柱子之间连接的横木上，有莲花在悄悄地绽放。这座古老的建筑，已在微微的晨光中闪着熠熠的光芒。

在基卡依村，昏暗的光线里，我们借着手电筒微弱的光瞻仰了另外两座经堂中的壁画。墙面的颜料已经斑斑驳驳，我们几近趴在墙面，屏住呼吸，睁大了眼睛寻找隐没于其中的轮廓，沿着那些千回百转的线条，完美勾勒出一幅幅美妙的图案，护法神、度母隐隐约约闪耀着不可思议的光芒。整间经堂已经被点亮。在灰尘翻飞的空气中，漫漫时光轮回着，画师们、工匠们默默隐藏于经堂之内，倾其毕生心血专注于他们亘古不变的信仰，用心里的明灯照着，画出他们的虔诚。

当我们离开中路抵达巴底那个坐标似的建筑——邛山土司官寨时，烈日当头。我怔怔地站在残垣断壁前，仿佛已经置身于另一个时代。土司官寨就这样毫无预见地屹立在我的面前了，像极了要脸不要命的破落贵族们，或许在这样深深的残败不堪里，不知道隐藏着他怎样的轰轰烈烈，不可一世。到了了，风烛残年，却仍从内心守着坚持。

时间在这里像一个蹒跚老人，或许他也想多看看丹巴巴底美人谷的美人们，于是这个村落在经历了无数喧嚣后仍旧逍遥闲适，悄悄地蛰伏于此。岁月仿佛对这里眷顾有加，不忍心在这里的美人们的身上脸上写下痕迹。她们热情朴实，举手投足间都是漫不经心的落落大方。远处袅袅娜娜走来一位姑娘，走近一看才知这位姑娘，应该五十有余。于是，当这位"老美人"嗑着瓜子走到我跟前时，在穷包里摸索了半天。又伸出手伸向我时，我一时间竟忘记了"拿人家手短"，慌乱地两手捧起，自知这样才不会辜负了她的好意，原来是一把瓜子。于是，我也融入这散漫的空间，与她一起站在田间，嗑起瓜子来。远处，有三个小男孩剃了光溜溜的脑袋在太阳下追逐嬉戏，像小泥鳅一样钻来钻去。他们见到我时，立即静了下来，走到我的跟前，像大人一般对我审视，并且向我打听一些他们能想到的消息。他们向往远方，对于"成都省"谙熟于心。于是当我正准备向他们说明我的来历，并解释"四川省"和"成都市"的关系时，他们却已经按捺不住直接向我打探糖果的消息。直到现在我还是能够记起，当我拿出唯一一片口香糖时，他们咧出白森森的牙齿开心笑的样子。

终究，再一次离别。

回望，丹巴炽烈的太阳下，我们跋山涉水，亲近着大自然；丹巴温柔的夜光下，我想象着自己也如丹巴的美人那般，在窗台面前梳理自己不那么柔顺的长发。丹巴，已经在我鹌鹑蛋似的皮肤上留下了由里到外的印记。

当我再一次顺着记忆的蛛丝走向过往，我回味起了火烧子馍馍、酸菜面块的芳香，也有丹巴风尘岁月的沧桑。我薅开记忆中的一些杂草，试图找到曾经那个懦弱的忧伤的我，她一晃只一眨眼便消失在丹巴那条唯一的街头，只留下人来人往。

石渠行记

一

　　我一直是一个安静的女子，就如同我们路过的那些蛰伏于晚霞中的小村庄。在经过了一段时间的颠簸后，深秋的某个午后，我回到了康定，端坐于某个寺庙的草地上，明晃晃的太阳让人眩晕，就如同很久以前我匍匐于松格嘛呢石经墙脚下，仰望着她雄伟地盘亘于最接近天空的土地。

　　康定到石渠，一路向北，总是风尘仆仆。六百多公里的路程是那样漫长，足有两天时间让你消耗。当四个轮子的马儿穿梭于这段路程时，时间仿佛忽然放慢了脚步，我将自己放置于宽阔的山的脊梁上，一直在奔跑，驶向天边。

　　蓝天白云连绵不断，满天繁星铺天盖地。

　　经过了一路沙尘的洗涤，远远地看到一团翻飞的尘土，石渠县城突然出现。就是这样的一座小城，就像欧洲后工业时代的小城镇一样，萧条而又落寞。置身于其中，干燥的空气释放着她深情的炽热，这里是离天最近的地方，天光总是很早就亮了。从早上六点到晚上七八点，一直能看到太阳的踪影。这样的天边高原使我有了梦游般的感觉，整个人游历于其间。用手遮住太阳七色的光彩，透过手指，我能清晰地看到藏袍中孩子们明媚的笑靥，雪白的牙齿，就如盛开的雪莲般，一如既往，灿烂无比。在这里我是一个异族的女子，不需要面对让我头痛的人际关系，没有世俗功名。面对着他们，我像风一样自由，我大口地呼吸着稀薄的空气，无须小心翼翼，无须言语，只沉浸于把大把大把的糖果发到每个头发蓬乱的孩子手中的乐趣。领到糖的大孩子们拖着小一点的孩子们，一串一串全部过来了，秩序井然。

我的视线越过藏袍的海洋，散发着大自然的气息，看到彩袖欢快地飞舞起来，在这海拔四千多米的高原上，我能感觉到某种温度存在。这种温度，就像我们依赖于网络、KTV、咖啡、酒精等的世界，我们赖以生存的生活方式，用以消磨自己的生活，在夜幕降临之后来颓废自己的人生，在漆黑的夜晚窃窃私语诉说自己内心的愤懑。在黎明到来之后，缺失灵魂的肉体穿上自己昂贵的空皮囊，描上一副伪善的笑脸，行走在城市的街头。

这里是一片纯粹的精神世界，但物质却极为匮乏。上天赐予人类生命的时候，同时也赐予了他们顽强的生命力。不管是在哪儿，都能看到人类活动的影子。在这里所呈现出来的是人类和大自然做抗争的最原始的生活状态，当鼠患、雪灾、虫癌来袭，他们只能呼天抢地地哀号、内心默默祈求灾难赶快过去。上天对于他们仍旧没有表现出所谓的公平，但在他们内心深处仍然迸发着对生活最美好的向往，他们也需要有所仰仗，他们长年逐草而居，相信自然的一切均有神灵主宰。

信仰，支撑着他们生活的全部。一切与信仰有关的建筑成为他们的乌托邦。乌溜溜地瞪着大眼睛的小孩子，裹着颜色残旧的小藏袍跟着自己的头发花白的阿婆一路向石经墙磕着长头下去。同行的人道，传说背着石经墙内一块二十公斤重的石头绕经墙三圈，能洗去自己母亲一生的罪孽。正是这些奇妙的传说赋予了人们存在的意义，我开始揣度，虔诚的人们啊，你们是在度自己，还是在度别人呢；是在修来世，还是今生呢。如果这样的生活正是来世对今生的延续，是不是还要继续轮回呢。只是人们对于信仰的忠贞，足以震撼我这样的女子。记忆就像一面墙，清晰地投映出莲花似的红袍袈裟从匍匐的人群上飘过，庄严肃穆。

在那些无欲无求的人面前，在离天那样近的地方，我伴着强烈的心跳声仍旧可以睡很安稳的觉。天边总是走不到边，已是草地枯黄的季节，牦牛们总也吃不饱，饿着肚子零星散布草原，挪动着它们庞大的身躯，时而抬起头向我们张望。视线所及之处，全是成片的被沙化了的草原，在蓝天白云之下显得特别刺眼，不忍心触碰。

闭目恍惚间我们由人牵引着，醒来时已经看到满桌的小食物，饮料、饼干，过年般热闹。

人类的发展史，就像时间机器，带着巨大的轰鸣声，我们一刻不停地向前出发。一路走来，世界已经满目疮痍。只是时间在这里，仿佛总是在不经意间会放慢脚步。主人家卑微地埋着头忙碌，空气中只听到小刀撕裂着肉的沙沙声，主人一小块一小块分割着干透的牦牛肉，不带一丝水分的干燥，混杂着血与生肉的香气，弥漫在整个空气中，昏暗的灯光下。龟裂的大手毕恭毕敬地递上来一碗茶或是一坨肉，笑容攀爬在纵横着深深皱纹的脸上。

茶碗用开水烫了一遍又一遍，还用黑色的抹布擦干，这才斟上热气腾腾的茶水。此时此刻，语言都显得多余。我们需要彼此的信赖，在这个天都触手可及的地方。

二

来这里之前，我总是惶恐地纠结着不知道应该用怎样一种姿态来面对他们，生命在我所生活的区域里显得如此矜贵，却又那样不堪一击，但在这里——人类生命的禁区，却又表现出了另一种顽强。人的命运总是迥异，能含着金汤匙出生的人却总是少数。那些辛勤撒播智慧的种子的人却未必能享受到开花结果的快乐。就像那些在建筑工地上忙碌的人，眼见着高楼大厦拔地而起，自己的大半辈子却埋没于小小的工棚中。人与人之间就是那么的不同。我们关起门来分不清春夏秋冬，在水泥钢筋筑起的城墙里，呷着咖啡抱怨人生的无常，任时光从指间溜走。我们自认为构建着人类上层空间，而与那些常年疲于奔命的蝼蚁般的人相比，我们精神空虚无所事事，则显得更加卑微。

时至今日，离开了九月扎溪卡草原阳光下的凛冽寒风，我仍旧对于那块土地抱有念想。在那样一片贫瘠而宽广的草原上，我仿佛是被世间遗忘的女子，我仍旧从容淡定，在忘掉了时间的长度和空间的广度的世界里，可以消耗掉无畏的一生。

人与人之间总是讲求际遇，冥冥中注定的事和人总是会有千丝万缕的联系。我总是回想起年少时的某个夏天，高大的梧桐树枝繁叶茂地遮住了整条路，风吹过，从树叶的缝隙间留下斑斑驳驳的影子，康定虽早已没有梧桐的踪影。这些无所依据的幻想，总让我觉得那如一场梦境一样真实。我依旧喜欢停留在那个回想中，如同我游弋到这块土地上。带着与生俱来的熟悉与亲切。

蒙宜乡俄热寺，跟随着鲁绒活佛将一扇扇大门轻启，在太阳的光影里开始诉说一个又一个光阴的故事。空行度母、护法金刚，一尊尊佛像罩于我的头顶，为我加持。我双手合十，内心平静。仿佛内心开始变得强大，未来再艰险的路也可以坚强地走下去。年代久远的铜钹撞击着在耳边嗡嗡地响起，像山林深处吹起的法螺号角，又像底气十足的高僧大德从喉咙间发出的诵经声，从高至低，由快至缓。我仿佛看到弧形的声波由大至小的变化，一圈一圈扩散，最后化为虚有。在缭绕的檀香中，我有些微醉，过往的种种都显得那么不真实。原来一切都可以释然的，对于我们所做过的一切。

寺庙的上方飘浮着尘埃，大家都喁喁说着话，空气中透露着一种不可言说的庄严。对于宗教，很多时候我们更愿意用一种敬而远之的态度观望。当我们将日益脆弱的灵魂寄托之后，我们愿自己也如飘浮着的尘芒一样微小。

除去大殿供奉的佛像外，所有的人都食人间烟火。

当每个晨雾都还没有褪去的早上，一排排低矮的土房里开始炊烟袅袅。理所当然的柴米油盐，蔬菜瓜果。由于路途遥远，这里生活成本极高，人民的生活质量可想而知。孩子们不用读书，天天都在牛场深处跑。他们日复一日，年复一年，过着一成不变的生活。透过那些孩子清澈的目光，直达心底，他们的生活也将如此，就如祖父辈一般：出生，成长，繁衍后代直至死亡。地球从太古时代开始发展到今天经历了无数次变迁，人类成为地球上的主宰。他们大肆掠夺、开发，无止境地索要。而这里，仿佛地球上最后一块贫瘠的净土，呈现着与现代文明背道而驰的原始。

生命的轨迹是如此相似，他们的生活方式我们没有资格去唱咏叹调。我们都是彼此生命中匆匆的过客，走着走着就散了。

遍布高原的大江小河们，汩汩流动，如流动的血脉般滋养着大地母亲，纵横阡陌。我们在时光车轮中，一路驰骋。而我带着一路的沉思，像一个步履蹒跚的老人，却再也回不到轻盈的岁月。

最想去的远方

一

　　从小就像哈巴狗似的，跟着怡。她去哪儿，我就想去哪儿，就为了跟她玩儿。幼儿时期，她每年都要回德格一段时间，每一回她和家人的离开都夹杂着我的慌乱，她叫我装哭然后撵路，于是眼泪在空中飞舞着，肉嘟嘟的小手在脸上胡乱地抹着，应该是一副楚楚可怜的样子。但即使是这样发自内心地在哭，也仍旧没有打动过大人们的铁石心肠。于是小小的怡被大人牵着跟我挥手，高兴离去。

　　她离开后是绵绵无期的空白，房间空了很多，我也安静了很多，好长时间都只看到那个敦实的落寞的小背影坐在房间的角落里一声不吭。她寄过来一张照片，我满心羡慕，她骑在一辆小小的三轮自行车上，穿着手织的桃红色毛衣，歪着脑袋，脸蛋白净，头上扎着两个很洋气的小鬏鬏，我的整个眼里都是那个漂亮的她。我沉浸在她的美好当中，学着她歪头浅笑的表情。

　　这儿就是德格了，大人们说。她是在德格的街上照的这张照片。我才注意到，照片中那些被我忽略了的背景也这么漂亮，似乎她小小的光辉照耀了那条平凡的街道，那些矮矮的楼房，平坦的马路，甚至掩盖了太阳的光芒。

"德格在哪儿？"我问。

"在关外。"大人们回答。

关外，就是出了康定城，翻过了折多山的地方。这里有淳朴的藏民、成群的牛羊和大片的草原……而那里的小孩都应该是蓬头垢面，光溜溜地装在父母的大藏袍子里，身上夹杂着酥油和牛奶的那种怪怪的气味。再看看我，几乎也和他们一样，穿着油腻腻的罩衣，屁股上系着棉蓬蓬的抱裙，顶着一头乱糟糟的头发和脸上的两坨高原红，而最糟糕的是我那么爱吃肉而且还尽是肥肉。在德格长大的她，却出落得那么与众不同。

她在德格，有一个会讲故事会开会而且还经常带她到处去玩的爸爸；我在康定，我的爸爸只会开车，但是他哪里也不带我去。

所以德格，真是一块宝地。让所有的好事都跑到了怡一个人的身上。于是，我也想去德格了。

二

可惜还没有等我去成德格，舅舅全家就从德格搬回来了，因为怡的回归，我的整个内心世界还是"举国同庆"了一番。于是开始上小学，怡和我在同一所学校，她上的是珠算班，那是聪明的小孩子才能去的班级。1992 年，农历壬申年、猴年，我记得很清楚的一年。我们一同被选进了学校的腰鼓队，过春节的时候我们都要穿上用黄色毛线织成的毛衣，扮成小猴，在街上敲着腰鼓游行。每天都是冗长的练习，我不由得在行进的队伍中打会儿小瞌睡，几次都被老师劈头盖脸地骂，甚至说要将我退出这个猴儿小队伍。但是想到妈妈每天挑灯夜战地给我赶织毛衣，我只好哭了又哭地向老师保证不再这样。接下来，黄毛衣织好了，妈妈收拾着她的伤心狠狠地训了我一顿。为了去泸定沙湾，怡带着我去辞掉了这份当猴子的差事，她总是很有主见。然后我就穿着这件让人伤心的毛衣跟着怡开始了从记事以来，人生中的第一次远行。

　　我也不知道为什么小时候是那么喜欢沙湾。每年一说到去沙湾总是抑制不住地兴奋。2010 年之前，沙湾这个小村落，一直蹲在康定到泸定的路上。后来，开始修水电站，这里已经变成了库区，往日的踪迹早已被一大池子的汪洋淹没得干干净净。那时，大人们准备了充足的年货带着我们坐班车从康定到沙湾，兴奋加上晕车感觉在车上待了有一个世纪，终于下了车，沿着靠山的村落找到了通向山上的路，放眼望去，寸草不生，光溜溜的黄土高坡耸立在我面前，我拼命地拉着那些顽强地如贴着地皮生长一样的小草，汗流浃背地往上爬，比起下山，这并不算狼狈的。一想起下山，看到那些悬崖峭壁，我就忍不住头皮发麻，身边的孩子们一个接一个地从我身边滑过，我除了艳羡之外也帮他们捏一把冷汗，回过头来看自己，一动不动，仍旧匍匐在下山的路上。

　　再往上一点就是跑马场（其实就是一块平地）了，抬起头，远远地就能看到一根大烟囱，以及那些掩映在郁郁葱葱中的村落和袅袅炊烟。这里是怡的阿婆——沙湾阿婆的家。小时候，这里是我们的乐园，这里有水可以踩；这里有一座大山让我们捉迷藏；这里有草垛让我们躺；这里有新鲜的蔬菜让我们摘；我们可以看星星看月亮；我们摘花椒被刺得乱七八糟；我们上厕所时，猪来做伴，伸着长长的鼻子，扑哧扑哧地嗅你发出的各种气味……总之，是无尽的欢乐。

三

怡和我算是城里来的孩子，但没几天我就和乡下的孩子差不多了，从头到脚都散发着泥土的气息。吃饭时，我刚克制住填满的嘴，却又马不停蹄地向盘子里的另一片肉下手了。而怡总是一小口一小口地细嚼慢咽，这分明是在优渥的环境中养成的习惯。不怕遥远而又艰难的路途，舅舅一家人总是大包小包为去德格生活准备充足的食粮。

我们不满山遍野疯跑的时候，怡和我坐在那些高高的草垛上，就着猪圈里悠悠地散发出来的味道，听舅舅讲德格的故事。总是晴朗的天，怡被反锁在二楼的家里。等到舅舅下班回来时，远远就看见猴子一样吊在窗台上的怡了，离地面还有七八米，他大气都不敢喘一下就赶紧回家去救怡，想起来都惊心动魄，而现在谈起来却总是笑。德格有很多好邻居，那些本地的、外地的叔叔阿姨，大家互相照顾得很好，时不时地带些小礼物给怡。怡被那块土地的脉脉温情悄悄包围着，而她自己却浑然不知。

而在遥远的康定，在怡过着幸福的小日子时，我却被关在幼儿园里，认识"我爱祖国"四个大字。被老师提问的那一瞬间，头脑完全空白了。后来，我就被拎了起来，站在一张大桌子上，那些小朋友牵着手围着桌子对着我哈哈大笑。我高高地站在那里，俯视这帮无知的孩子，从早到晚就被老师牵着鼻子往下、往下；向左、向右。他们哪里知道远在关外的德格，每天都在上演着那么多有趣的故事。方面虎；宝瓶似的庙宇；还有雪地里手牵手的母熊和小熊，这些角色开始替代怡的重要地位。我央求舅舅讲了一遍又一遍，顺着这些故事，太阳升起来了，我爬过了每一座山，越过了每一条河，经过了万千的小村落，然后来到了一个陌生的街道。我沿着道路低低地飞行，在熙熙攘攘的街头穿梭，游走于来来往往行人的脚下。我早就迷失了方向，只有顺着油墨飘香的地方张望，于是，看到了一座红色的城堡。我推开门，像见到了久违的老朋友一样，迫不及待地和他拥抱。我的视线越过他的肩膀，在那幽暗的时空中延伸着藏经的走廊，那些千回百转的经文，已被深深镌刻在虔诚的灵魂中，跟着历史默默流淌。

太阳快要下山的时候我走到了院子里，深深的积水里有一个孩子，穿着小藏袍头发乱糟糟的模样，在积水的影子里还有那个小小的怡骑在自行车上歪着头在笑……

醒来，才发现我在草垛上睡了一觉，而眼前的沙湾除了树和树，还是更多更多无聊的树。

四

长大后，怡当记者，接到电话，精神抖擞地开始准备到处乱跑。我在情歌酒店守着她，灰头土脸，仿佛又回到了小时候她要回德格的那些下午。

"我可以带一个实习生去不？"她指了指我，问随行的其他工作人员。

"哎呀，主要车子坐不下了。"那人为难地看了看我。我下意识地整了整衣服。

后来，她就坐着车子走了。私下里打电话说："屁的坐不下，还空了一个位置。"

"唉，早晓得我应该打扮一下的。"我讷讷地说。

怡这次去的又是关外。而我，闷在康定，仿佛这一世被打入关内永不得出关。

五

如果我迷路，恰巧碰到讨厌我的你，那就请你一定要无私地告诉我往北或往南，这样我将永远迷失在归途。请原谅我的无知，东南西北，真的好难懂。我这个在关内长大的汉人，待在家里足不出户，遥想南路北路，所有的县城早已在我的脑壳里搅成了一锅粥。

二十五岁，是个分水岭。待人生的某些事情尘埃落定后归于平淡；而人生的另一部分又开始风生水起，我终于有机会脱离关押了我二十五年的关内，拖着吃油的马儿走出康定城。每次，都是早上五六点，天都还没有亮。坐在黑灯瞎火的马儿上只有睡觉，一觉醒来早已豁然开朗，除了成片的草原还有亮瞎了眼的天。

又顶着天光睡过去了，车上有人在说话……想听又听不清，时钟时大时小歪歪扭扭地出现在我面前，分针、秒针从针面迸裂出来，开始听不到正常的嘀嗒声，马儿慢慢扬起了前蹄，一扬起来就没完没了地扬着，再也没有放下。我们无休止地在跑。

偶尔清醒，四脚马儿迅速变回原来的样子，卖力地爬到山垭口，司机拉开了车窗，让冷冽的空气吹进来。我们从洋洋洒洒的经幡面前呼啸而过，空气里迅速弥漫起密密麻麻的诵经声，最后总是憋足了劲的"啦索""噢啦索"……长长的尾音一直盘旋在山谷中间久久不肯退去。我们总是这样虔诚地祈祷这一路的平安。我也开始学得有模有样，每到垭口，我也心中默念六字真言，但始终没有办法像藏人一样爽朗地吼出"噢啦索"。

　　始终想自由散漫信马由缰，但这一路，背着躯壳还拖着重重的行囊。我们舍不得停下脚步回头张望。我们在路上辗转，却始终没有找到正确的方向。

理塘游记

　　康定至理塘，全程约二百七十二公里。从城内向西出发，沿山路回旋，越塞外屏障，抵折多山口，视线逐渐开阔，田园牧歌风光扑面，车行过处，溪流潺潺，花海摇曳，草原青青。

　　车轮在路上疾驰着，空气变得越来越通透，大雪山余脉在远处连绵起伏，似眉目含黛，默然矗立；天空中云层堆积，映衬着漫无边际的草原、成群的牛羊；大山褶皱起伏之处，一汪汪海子，忽如天降……走在318国道的沿线，总会有不期而遇的美好。沿着最美的国道线，我们穿越了位于雅江境内的高尔寺山隧道、剪子弯山隧道，依次翻越熊宗卡山和卡子拉山。这之后，幽暗的理塘隧道，牵引着我们奔向那光亮宽阔之处，理塘——就在不远处等着我们了。

　　进入理塘县境内，一片坦途扑入视野，如进入世外桃源般豁然开朗。理塘，旧称"理化"，藏语意为平坦如铜镜般的草原，平均海拔在四千米以上，就像一座矗立在云端的城市，这里除去"高"以外，还有"雪域圣地""草原明珠""马术之乡"的美誉。在理塘县境内，大自然的杰作随处可见，"古冰帽"遗迹、海子、草原……这些，都是造物主神奇的魔力。

　　当第四纪冰川碰撞之时，沉睡于海洋深处的山脉被一一唤醒，在漫长的岁月当中，崇山峻岭渐渐隆起，绵延起伏。直到今天，我们所看到的横断山脉地区，那些被群山环抱之处，成为了人类生存的根基，城市如一枚枚恒绿贝叶，蛰伏在山脚之下。在这里，横断的不只是地域，也有时光。千百年过去之前，生活在这里的部族，他们的祖先来自遥远的昆仑山脉，到今天，他们的余脉仍旧沿袭过往的历史痕迹，过着逐水草而居、简单原始的游牧生活，因此，这里的游牧部落也被称为"蓝色星球上最后一支游牧部落"。

高原上游牧的人们，他们的房屋是黑色的帐篷，理塘也不例外，帐篷由牛毛编织而成，极富象征意味，承载着一代代牧人全部生活的希望。牛毛产于高原特有的牦牛身上，牦牛之于藏人，犹如清茶离不开盐一般，就连它们的粪便也是不可多得的纯天然燃料。

理塘的牦牛肉，在整个藏区都极为出名，肉质鲜美酥嫩，油亮多汁。其烹饪方法也极为多样，其中"坨坨牛肉"的制作，最为简单，首先选取适量牛排，略施薄盐，并佐以干花椒、干辣椒，增加牛肉口感和风味。旺火烧锅，一并放入冷水中煮沸，再待十五分钟，之后便可食用。牛肉出锅，热气弥漫，全身的细胞都在为之沸腾，锅里散发出来的鲜香诱人，丝丝入鼻，唾沫开始在嘴里乱窜。若配以适当的佐料，让人根本无法停下来。这些常年放养的牦牛，练就了一身优质肉品，肉理清晰，纹路明朗。一口咬下去，油气十足，肉质软硬适中，唇齿之间既有咸味、麻味、辣味残留，若有似无，又裹挟着牛肉本真的鲜味，气息十足，滚滚而来。若再配上其他的藏族传统食物：糌粑、酥油以及各种奶制品，酸甜苦辣，人生况味，全都浓缩为精华。

理塘，位于四川省西部，甘孜藏族自治州西南部。东汉时为白狼羌地，唐属吐蕃。始建于 1272 年，自古以来便是连接西藏、云南、青海的交通咽喉要道，也是茶马古道重镇，商贾云集之地。但人们对于她的向往，仿佛更多源自于六世达赖喇嘛仓央嘉措那首著名的诗篇：洁白的仙鹤，请把双翅借给我，不飞遥远的地方，到理塘转一转就飞回……作为预言，七世达赖就降生在这里。或许，我们平凡的内心，正是拥有了这样的感召，理塘才更值得我们静下心来，认真地去转一转。

在离县城不远的车马村，一条古街，有着四百余年的历史，走在近千米长的小街上，石板铺就路面，一幢幢传统民居迎面而来，向每一位来客，传递着只属于他们自己所特有的信息。而老街，则像一位长者，在岁月的滚滚风尘中，迎接每一个日升月落，在岁月的长河里，包容所有进程。无形的时间，在这里，似乎更可以被遗忘，一切都从容不迫，漫不经心。

万物守恒，太阳仿若昨日，冉冉升起。阳光触及，如叶脉般伸展，街道纵横，桑烟袅袅，方寸之间，次第绽放。日光里的小镇，渐渐沸腾。理塘，葆有永恒独特的脉动，或许正是这份独特，让数位先贤青眼有加，他们目光深邃，洞穿所有，穿越时空，忘却前世今生，只为此地魂牵梦萦。

理塘古街上的仁康古屋——这小小一隅，在四百年间先后诞生了十三位德高望重的贤者：第七世达赖喇嘛，蒙古国师三世哲布尊丹巴，洛桑丹毕尼玛，昌都强巴岭寺寺主第九世帕巴拉，理塘寺第二十位堪布格登嘉措……先贤圣名，数不胜数……古屋因此闻名遐迩。至今，我们仍能在仁康家的门上，看见七个檀香木所做的木球，代表其中最为著名的七位。其实这木球为密宗本尊之器的"杵"，象征吉祥而胜于一切魔障。

古屋始建于16世纪。公元1708年，天降祥瑞，在彩虹的簇拥之下，第七世达赖喇嘛格桑嘉措诞生在这座小屋内。彼时，花开烂漫，理塘的毛垭草原上一种不知名的小黄花也应景盛开。传说，格桑嘉措以自己的名字命名此花——格桑花，取美好、幸福之意。他的母亲所靠的枕头流出洁白的狮子乳，预示如来佛陀般的圣者的降生，并且家中所有储存的清水都变成了乳白的牛奶。第七世达赖喇嘛出生之后，流出狮乳柱头的基石上自然呈现出许多藏文字母，基石的侧面也出现一些密宗法器（金刚杵、宝瓶）的图形，现在依然清晰可辨。

关于古屋，在这里，还流传着这样的说法：如果你途经理塘去西藏朝拜，若是没有朝拜仁康古屋，就等于没有真正到过藏区。由此可见，古屋地位，非同一般。

理塘，极富诗意与哲理的土地。六世达赖喇嘛，行吟诗人——仓央嘉措，百转千回，情结于此。若踏上这片土地，便感知她与仓央嘉措深厚的渊源。1683 年，仓央嘉措诞生于藏南，在灿若繁星的西藏历史风云中，他如昙花一现，以自然之子的才情和赤诚，留下了最能打动人类心魄的诗歌。三百多年过去了，他依然如追风少年，怀着赤子之心，想要拥有那双洁白自由的双翅。时间倒溯至公元 1706 年，隔着恍如隔世的光阴，在千里之外，六世达赖喇嘛早已万念俱灰，那起飞的灵魂，早已飞向别处拥抱人间的烟火，至此，写下绝笔诗句——如神的开示。冥冥之中，这影影绰绰的存在，早已倒映于他的观想中，牵引着他，神游到此地，就着那一地白白的月光。

在无垠的广阔蓝天下，天色渐浓。我们带着一身的行囊，翻越千山万水，终于触摸到真实的理塘。此时，我终于理解仓央嘉措的另一首诗歌：不为朝拜，只为贴近你身体的温度。在这个离天最近的地方，安然躺下，聆听自己的心跳、呼吸，似乎又回到小时候，从头开始认识自己，未来如天边的星河一般璀璨。

岁月童话

——那些年，我们一起追过的宫崎骏

2013 年 9 月初，一个让众多影迷将信将疑的消息传出。吉卜力工作室社长星野康二在威尼斯举行发布会，确定宫崎骏将要退休："导演已经决定，在电影《起风了》之后正式退休。下周，宫崎骏先生本人将会在东京专门举行发布会进行说明。"

在嚷嚷了十六年后，这已是宫崎骏第七次说要退休了。或许这次是真正尘埃落定的时刻了。一切都与以往有些不一样——通过吉卜力工作室发表官方声明，还开了发布会。在 9 月 6 日的引退会上，宫崎骏一上台就说"这次我是认真的"。作为一名不太称职的宫崎骏的粉丝，在看到这样的消息时，我不得不停下手里的活路，向电视中穿着儒雅的宫老爷子致敬十几秒，莫名失落一番，然后继续我波澜不惊的生活。已入而立之年的我，早已看淡梦想，岁月这个神偷，轻意地就能让我在各种童话的梦里抽身，宫崎骏退休之说我只是默默地收藏起来，并没能成为我们饭后的谈资。

宫崎骏，对于父辈们或 90 后来说，这是一个陌生的名字。当朝书姐打来电话，说是写一个关于宫崎骏的稿子时，我脑子里一片空白，但我仍旧心虚地承认我是他的粉丝，他所有的电影对于我来说都是饕餮盛宴，在有了孩子后，我还经常把这些影片变成故事讲给她听，但对于他本人我却知之甚少。我不得不从百度上开始：宫崎骏（Miyazaki Hayao，1941 年 1 月 5 日 - ），日本著名动画导演、动画师及漫画家……网上的他贴着各种标签：电影奴隶工作狂、零分爸爸、女性崇拜者、身体里住着一群小怪兽、毒舌傲娇情绪帝。而他的自画像则是一头猪，他就像一个巨大的矛盾综合体。这些都是我无法读懂的宫崎骏，看着一排排毫无立体感可言的文字，呆滞且形式化。我所知道的宫崎骏全是在那一个个童话故事里拼凑出来的，在那个四周是海，科学发达的国度里，他坚持摒弃一切与科技有关的手段做电影，他系着围裙，拿着画笔没完没了地画。上天赋予他天马行空的想象力，宽广的胸怀，他热爱大自然，有着对于飞翔的执着，他无限认同精灵和机器人，并且让它们在他所创建的世界自然存在，他的世界观、人生观、历史观和艺术观，有着明晰的脉络，都是为了构建一个美妙的精神家园服务。而他的作品，始终体现着人类的生命之旅，对周遭的社会、自然给予了深层次的哲学思考和人文关怀。他的受众，远远不只小朋友们这个群体那样简单，整个世界甚至掀起了一股研究他动画的浪潮。而像我这样即将踏入中年妇女行列，却仍怀有一些少女情怀的女子，也沉醉于他打造出来的各种美好精神世界，感谢在特殊岁月中曾被他赋予的无限向上力量。

　　二十年前，在那个物质不算贫穷，但也不算丰富的年代，我们盼着放学，盼着写完作业，在洗脚或吃饭的间隙偷偷瞄上几眼电视，那会儿正是《巴巴爸爸》《米老鼠和唐老鸭》流行的年代，能去电影院走上一遭那更是莫大的幸福。学校偶尔会组织看电影——《雷锋》或者《焦裕禄》，回家之后便是流水账似的观后感。某个下午，在操场紧急集合的我们，纷纷议论着，大家都不知道要干什么，只是在等待老师的命令，像《等待戈多》里写的那样，莫名地期盼着什么（无论是什么，只要不上课就好）。敏感而又害羞的我正因含着一块棒棒糖到学校排队而遭到老师毫不留情面的批评，在人群中不知所措。跟随着大部队出发时，我不得不拖着沉重的脚步，伴着同学们或嘲讽或同情的眼神纠结地走着，那一刻就是我的世界末日了。终于，我们的目的地到达——是康定县电影公司，我如蒙大赦。电影已经开始，屏幕上跳动着几个可爱的动画形象，孩子们从明亮中突然走进黑暗的放映厅都有些不适应，经过一段时间的摸索终于坐定，我不住地回想起老师骂我的情形，我忽然觉得自由了，没来由地躲在那个黑漆漆的角落哭起来。

不多久，轰鸣的巨大飞行器穿梭于蓝天白云之间，电影拉开了它神奇之旅的序幕，我跟随一幕幕精致华丽的场景，停止了所有的情绪，完全陶醉其中。故事的男主人公帕索对于传说中的天空之城拉普达向往不已，在一次偶然间邂逅了从天上慢慢飘下来的脖子上戴着蓝色飞行石的女孩希达——来自天空之城的孩子。那块飞行石也代表了寻获史前文明拉普达的唯一线索，并引来了海盗、军队的觊觎。军人的头目穆斯卡也随之来到了天空之城，并且暴露了称霸世界的野心。为了阻止穆斯卡，希达和帕索一起念起了毁灭一切的咒语，音乐适时响起，飞行石载着拉普达的生命之树上升到天空的尽头。从影院出来，是下午三四点的光景，满眼的阳光明媚，走在回家的路上我有一丝恍惚，我被这部不知道名字的电影感动了，主人公勇敢坚强的精神激励着我，正能量充盈着整个身体。那时的我，并不懂得电影的导演赋予了电影诸如生命、大自然等更广更高的意义。我只是无限地想拥有那一块飞行石项链，不只是因为它的美丽，更是因为它的可以让人飞向天空的神奇魔法。十岁，正是扑扇着翅膀想要自由飞翔的年龄。

拉普达，这样一个虚无的国度成了那时我的第一个乌托邦。

　　宫崎骏的作品大多语言简洁，或许在他的世界里语言是最为苍白无力的东西。宫迷们摘抄着一小段一小段的文字，仿若至理名言。某天读到宫崎骏这样一段文字：童年不是为了长大成人而存在的，它是为了童年本身、为了体会做孩子时才能体验的事物而存在。童年时五分钟的经历，胜过大人一整年的经历。精神创伤也是在这时期形成。站在这角度想想，整个社会实在应该多用智慧去帮助孩子生存下去。是的，我也曾拥有过那么不一样的五分钟，那是我小学的一节美术课上，我小心翼翼地拿着画好的图画交给老师，或许是我没有画好也或许是老师心情不好，我惊恐地看到老师狠狠地将我的图画本扔到了一个角落，那是一个漂亮的抛物线，就像一枚烟火迸裂出来的花火，纸张哗啦啦飞了一地，我不知道自己错在哪里，只是泪流满面地跪在地上给老师说对不起、对不起，我有些不敢看老师的眼睛，其实他甚至连头也没有抬起来看我一眼，我站在黑板前慢慢缩小，教室变得空旷而让我绝望，我甚至不知道自己还会继续长大。岁月就这样让自己慢慢变成一个克制且不懂表达的人。我曾厚颜无耻地想，自己具备着宫老先生身上的那种矛盾的气质。比如对于现实社会应该采取哪种态度，自觉自己是一个敏感的人，随时张开每一个毛孔去吸收每一个人发来的信息，一旦有负面影响马上竖起自己隐藏得很好的刺，将自己包裹起来。我时常纠结，我是否应该自己封闭或者是敞开自己的怀抱。随着年龄的成长，褪去了身上仅存的稚气，混迹于世俗社会，童年的往事就像电影情节一样也跟着慢慢地模糊，斑斑驳驳的像是我梦里的一些影像。时间像是由点拉出的一根线，那些重要的节点在经过一些特殊的冲撞后，纷纷开始跳跃并且清晰起来。十年后，在偶得的一张宫崎骏制作的动画的光碟中，我照着菜单一部一部地认真看，当放到《天空之城》时，熟悉的画面伴随着音乐和童年时复杂的心情纷至沓来，就是这部电影温暖了我曾经柔软而从不设防的心。它是根据斯威夫特的小说《格列佛游记》改编而成，是吉卜力工作室的开山之作，宫崎骏一人兼任了原作、监督、脚本和角色设定四项重任。我很幸运，在那个原本阴霾的下午邂逅了他这么重要的作品，拯救了我幼小而脆弱的灵魂。

虽然，有时候会拒绝成长。因为成长是一个不断迷失自己的过程，我们不断长大，走许多不同的路，碰到许多不同的人，说许多不同的话，很多时候我们都变得不像原来的自己了。感谢宫崎骏先生，那些画面、那些只字片语，在成长的过程中，让我仍旧保留一份童真，在受过伤的成长路上，仍然可以找到一个可以栖息的梦的天堂。

2001 年，《千与千寻》上映，创造了动画界的神话，获得柏林国际电影节最高荣誉的金熊奖，是目前唯一一部获得金熊奖的动画电影，这部影片也成为宫崎骏先生的巅峰之作，也是我最钟情的影片之一。我身边也有一群和我一样的影迷，我们搜索他的每一部影片，也期待他的最新力作：从 1968 年的《太阳王子》开始，几乎囊括了所有经典的影片，诸如《风之谷》《龙猫》《魔女宅急便》《红猪》《幽灵公主》，以及近几年的《悬崖上的金鱼姬》《借物小人》和才上映不久的《起风了》。我们探讨影片里的每一个人物，每一个情节。在众多影片里，宫崎骏始终表达了现代文明即将被高科技毁灭的现实。世界本是应该通过自然的运作而达到内在的平衡，但在现实社会里，弱肉强食正每日上演着，为了争夺有限的资源这样的情形愈演愈烈。正如他自己评价《千与千寻》：这是一个没有武器和超能力打斗的冒险故事，它描述的不是正义和邪恶的斗争，而是在善恶交错的社会里如何生存。学习人类的友爱，发挥人本身的智慧，最终回到了人类社会。或许在这个物欲横流的社会，过度浪费的时代，我们应该思考一下如何回到最初的状态。

宫崎骏先生即将退休，只是幸好那些作品还在那里。仍旧无限流连于宫老先生的童话世界：广袤的草地，无垠的蓝天，铁轨从水面升起，列车准时出现，小伙伴们依偎在一起静静地守候着各自的灯光，我会时常莫名地感动。或许真的有那么一天，人类文明走到了顶点，整个地球将被漫漫绿色所接替，到那时虽然属于我们的岁月早已远去，但童话仍在身边。

印象马拉拉

——阅读《我是马拉拉》有感

　　2012 年 10 月 9 日，一辆校车穿行在巴基斯坦西北部斯瓦特河谷的山野路上。车内，气氛轻松活跃，学生们正和老师在探讨着什么。突然，汽车急急地刹住，停在了路边。车门被打开的同时，冲上来了两个恶狠狠的男人，其中一个拿着枪对着这群学生问道："谁是马拉拉·优素福扎伊？"望着黑洞洞的枪口，大家都陷入了沉默，不愿回答，没有人想要出卖自己的同学，但是十几岁的孩子们第一次面对这样的情形，不由自主地将眼神望向了她。

　　在这条孤独而绝望的路上，马拉拉轻易地就暴露在这光天化日之下，几乎无处可逃。这一刻来得那么突然，她已经记不起歹徒扣响扳机，子弹从枪膛迸发出来的那一刻。子弹奔突起来，其速度无坚不摧，尖尖的弹头迅速穿过肌肤，撞断那些小小的骨头，中断了血流的方向，一层一层递进开去，最终直抵要害部位。汽车里乱作一团，歹徒也早已不知去向，当汽车满载着哭喊的同学和老师将马拉拉送到医院时，她已经奄奄一息，这致命的一击导致她颅底骨折、左侧下颌骨关节受损、脑部受损，命悬一线。

　　枪击事件发生后，巴基斯坦塔利班宣称对此次事件负责，这是一起蓄意已久的谋杀案件。塔利班对马拉拉上学路线细致地研究后，发起了这一突然的攻击。塔利班扬言说，袭击是因为这个十五岁的小小的女孩不接受警告、坚持上学，总是说不利于塔利班的话，如果她幸存的话将再次发动袭击。这个被塔利班视为"眼中钉"的女孩，原名叫马拉拉·优素福扎伊。1998 年 7 月 12 日，出生在巴基斯坦的斯瓦特河谷地区。2007 年前后，这一地区逐渐地落入了塔利班之手。他们强迫男孩们到宗教学校去读书，接受洗脑，然后再把他们训练和装备成为恐怖分子。对于生活在那里的女孩，塔利班禁止她们接受教育，不允许她们上学读书。而马拉拉，简直就是"罪恶滔天"，她不仅自己热爱学习，还鼓励自己身边的女孩学习。

在巴基斯坦传统的教育之下，女孩只是作为一件物品的存在，可以连名字都不具备，对于外来世界却是必须无条件地"顺从"，更不用说接受教育了。像马拉拉如此"叛逆"的女孩，当然引人侧目。她的另类，显然和她的父亲有关。她的父亲作为一名教育家自己建立学校，还鼓励自己的女儿和塔利班对着干：2009 年，英国广播公司（BBC）的记者来到斯瓦特采访时，通过父亲的推荐认识马拉拉。由此马拉拉通过"太阳花"这一笔名将自己生活在塔利班统治下的生活，用日记的形式来告诉大家。这些平常的日记，引起了国际世界的高度关注。这些行为，更加让塔利班恨之入骨。他们从恐吓开始，这几乎对马拉拉没有杀伤力。其父亲也高调地称自己的女儿就是写日记的"太阳花"，"太阳花"就是马拉拉。于是塔利班精心策划了这场突袭行动。

幸而苍天有眼，马拉拉最终死里逃生。弥留之际她被紧急送往英国，在伯明翰的伊丽莎白女王医院接受急救。医生抢救回马拉拉的生命，并通过手术补造她的颅骨，使她恢复了听力。并且于 2013 年 3 月 19 日，在英国一家女子学校就读高中。

马拉拉的勇敢换来了全世界的关注，巴基斯坦全国从总统到平民无不为之鼓掌，成千上万的人奔走在大街上向塔利班武装展开了一系列的声讨。这个世界上让人极度不安的现实也得到了越来越多的人的关注：世界上六千一百万失学儿童中大部分是女童，她们上小学的可能性低于男童，妇女占世界七亿七千五百万文盲的三分之二。尽管她们在高等教育中取得了突破，但妇女仍只占到研究人员的百分之二十九。正是这个大难不死的女孩，令世界的每一个角落都听到了她对于教育的呼声。2012 年 11 月 10 日，联合国做出了一个重大的决定，将每年的 11 月 10 日定为"马拉拉日"，以表彰这位巴基斯坦女学生不畏塔利班威胁、积极为巴基斯坦女童争取受教育权利所做出的杰出贡献。12 月，她被巴基斯坦政府授予"国家青年和平奖"，并成为这一奖项的首位得主。

马拉拉仍旧在战斗。2013 年 7 月 12 日，她在联合国青年大会发表演讲，头部遭重创导致发音不流利的马拉拉用响亮的声音说："我不会在威胁中后退，一定要为弱势孩童，特别是女孩子们呼吁，要争取和实现平等教育权。"

2013 年，她成为了诺贝尔和平奖的候选人。也在这年的秋天，她的自传《我是马拉拉》出版。2014 年 10 月，她成为诺贝尔和平奖最年轻的获得者。伴随着光环，随之而来的是一些诋毁的声音，许多巴基斯坦人都认为她是其父亲包装出来讨好西方的礼物。

任何一个十七岁的女孩，有着如此跌宕起伏的人生，似乎都无法淡定起来，而这个女孩总是在面对人生的风云变幻时，显得那样云淡风轻，站在镜头前的马拉拉似乎很有主见，她删掉了自己喜欢的游戏，放弃了自己的各种爱好，她说，她现在更专注于高尚的目标："我们必须强调全球各地儿童面临的问题，用它突显女童在阿富汗、巴基斯坦和印度面临着的问题。"这个勇敢而坚定的女孩，似乎下了决心未来将用政治来武装自己的人生，为自己，也为女性争取该有的地位。

闭 嘴

——电影《闭嘴》后记

去年的冬天，我家门口的碟行大处理各种电影、电视剧碟片，大批大批的发烧友在碟行络绎不绝地穿梭。康定这样漫天飞雪的气候，宅在家里守着热烘烘的电炉看看电影也不失为一件惬意的事。选了几张喜爱的碟片——喜剧为主，其中有一张是法国喜剧，被译者译为《闭嘴》（又名《闭嘴二人组》），很是合我的胃口，对于看多了法国文艺片却又一直无缘于浪漫的玫瑰花的我来说，还是觉得"爆米花"对我的胃口。是的，这部片子对我来说就是一包香甜可口的爆米花，吃的时候酣畅淋漓，吃过之后虽略嫌甜腻但却又回味无穷。

我想，我对这部电影最初的喜爱只是由于它的主演——让·雷诺，这位法国国宝级的男演员。影片通过故事的行进，充分地融入了法国式的幽默，这种方式一直贯穿到故事的结尾。直到影片出现字幕的时候我才发现，结局仓促轻松得出乎意料，让·雷诺同志还没有充分地展现他的英雄主义的时候，这个故事就已经画上了一个不算完美，但却完整的句号——两位充当"大侠"的男主角在复仇后，还没有来得及和警方展开激烈的打斗就被捕捉了。

或许这就是法国式的幽默。另一个男主角——杰拉尔·德帕迪约，一个陌生的名字，或许那些喜欢法国影片的人会笑我无知。我知道自己错过了一个精彩的影人，是从上次放弃《大鼻子情圣》开始。这仿佛是他的经典大作之一，可惜我一直没办法让自己融入那个冗长而拖沓的情节，所以面对"大鼻子"年轻时所演的影片，我的头脑一片空白。只是在这部影片中，对他的喜爱甚至盖过了让·雷诺。说老实话，"大鼻子"除了个子高，几乎没有优点：不酷不帅，略傻，还满脸老态，身体发福。

还是让我用电影里的名字来称呼他们吧。钢蛋（杰拉尔·德帕迪约扮演），一个脑袋比常人小很多倍，但却又滔滔不绝的傻子，因为抢劫外币兑换所入狱，入狱后逼疯了五个狱友，直到卢比（让·雷诺扮演）的出现。卢比是一个冷酷而又沉默的杀手，这很合钢蛋的口味，因为不管他听或者不听卢比都是沉默的，而钢蛋觉得"人生得一知己足矣"，卢比就是他心目中的知己。并且钢蛋开始幻想着和卢比开一家酒吧，名字叫做"两个朋友之家"。而卢比一门心思想着自己的复仇计划，可以说是"两耳不闻窗外事"啊，入狱后采取不反抗不坦白的态度，对任何人都保持缄默，无奈之下狱长把两个关在了一起，于是纠结的钢蛋就纠缠上了冷酷的卢比。卢比承受不了钢蛋的唠叨时，选择了割腕自杀，后被救，或许这就是鲁迅先生所说的"不在沉默中爆发，就在沉默中灭亡"。作为一个有所作为的冷酷杀手同志来说，生命是唯一不值得珍惜的东西，钢蛋同志把这一切看在了眼里，照着卢比先生的行为追随他而去了。狱方对两人同时进行了抢救。

两人又在疗养院重逢了。钢蛋全然不顾卢比的冷酷，依旧拿热脸去贴冷屁股，高兴得不知所措，卢比濒临崩溃边缘。卢比开始精心策划越狱行动，在钢蛋异于常人行为的骚扰中，卢比的行动失败了。不过很快在钢蛋朋友的帮助下，动用了吊车，两人风风火火地逃出了疗养院，故事由此展开了：杀手的复仇，警察的追捕，仇家的追杀。有了钢蛋的卢比，觉得生活处处是险滩，而有了钢蛋的我们，则觉得生活处处是惊喜。

总觉得所有的片子有了这样"山雨欲来风满楼"的铺垫，结局应该给大家交代一个满意的答案的，但这个故事似乎是突然终止的：两人最后双双落入法网。

一路是笑着看完的。两位大师级的演员精湛的表演在让我开心的同时，让我心里也揣了很多的感动，身边有一个像钢蛋这样的人也不失为一件好事，或许是世界越来越冷漠了吧，熙熙攘攘的大街上，就像歌词里唱的"从不忘带出门的是面无表情"，大家总舍不得拿出自己最真实的一面来对待别人。我不能去揣度导演的心情，或许只是简单地想博得大家的一笑，或许他也想在这大大的世界中，找寻那颗可以靠近的温暖而简单的心。

图书在版编目（CIP）数据

小城事 / 潘敏著． -- 北京：作家出版社，2018.12
（康巴作家群书系·第五辑）
ISBN 978-7-5212-0337-0

Ⅰ．①小… Ⅱ．①潘… Ⅲ．①散文集－中国－当代
Ⅳ．①I267

中国版本图书馆CIP数据核字（2019）第004962号

小城事

作　　者：潘　敏
责任编辑：李亚梓
装帧设计：翟跃飞
出版发行：作家出版社有限公司
社　　址：北京农展馆南里10号　　邮　　编：100125
电话传真：86-10-65067186（发行中心及邮购部）
　　　　　86-10-65004079（总编室）
E-mail:zuojia@zuojia.net.cn
http://www.zuojiachubanshe.com
印　　刷：三河市兴博印务有限公司
成品尺寸：152×230
字　　数：149千
印　　张：13.25
版　　次：2019年6月第1版
印　　次：2019年6月第1次印刷
ISBN 978-7-5212-0337-0
定　　价：36.00元